魔導書工房の特注品《テーラーメイド》

～落ちこぼれ貴族の魔導書を作ろう～

いつきみずほ

ファンタジア文庫

3119

口絵・本文イラスト　にもし

CONTENTS

Prologue

プロローグ

The Atelier of
Tailor-made Grimoires
Prologue

レルサート魔法王国の王都バラクスト。

その中心部を外れた住宅街に、一軒のパン屋があった。

一般的には早朝に一度だけ、下手をすれば数日に一度しか窯に火を入れないパン屋が多い中、一日に何度も焼き上がるパン、飽きのこない品揃《しなぞろ》え、そして何より美味《おい》しい。

近隣住民では知らぬ者がいないほどの人気を誇る、パン工房ペリアプト。

そんなお店の二階を間借りして、つい先日、もう一つの工房が開設された。

「おぉ！　この組み合わせは正解じゃないかな⁉　新商品になるかも！」

香ばしく焼き上げられたパンを頬張りながら、ニコニコと嬉《うれ》しそうなのは、ティスカ・ペリアプト。新たな工房の責任者にして、パン屋の一人娘という顔も持つ少女である。

卵形の小さな顔に大きな瞳、頭の上で二つに結ばれたその髪は、ふわりと柔らかそうな薄桃色で、前髪には一筋、アクセントのように白く色が抜けた所が存在している。

特徴的なのは、その瞳の色が紅《くれない》と青、左右で異なるところだろうか。

「そうだね、スパイスの絶妙なバランスが……って、そうじゃないよ、ティスカ姉！」

頷《うなず》きつつも、しっかりツッコミを入れたのが、エルネ・ハールディ。

ティスカよりも少し背が高く細身、青みがかった長い髪を後ろで一つに纏《まと》め、僅かに上がったその目尻は、見る者に活発そうな印象を与える。

　ティスカを姉と呼んでいるが、実際には学校の後輩にして友人である。

「あれ？　ダメだった？　気になるとこがあれば教えて。改善するから。これでも独立した工房主だからね。ちゃんとしないと！」

「そうだね、工房主だもんね！　でも、うちはパン工房じゃないから‼」

　そう、新たにできた工房の名前は『ペリアプト魔導書工房』。

　個々人に合わせた特注の魔導書制作に特化した、最近では珍しいタイプの工房である。

　決して、実家のパン屋を二階に暖簾《のれんわ》分けしたわけではない。

「……あぁ、そうだったね」

「忘れないで⁉　重要だから！」

　ポンと両手を合わせたティスカに、エルネが抗議の声を上げるが、しっかり者に見えるエルネの手にもパンが握られているのだから、微妙に説得力は乏しい。

「いやいや、エルネ。今は雌伏の時、大きく飛躍するには助走が必要なんだよ？　私はこうやって魔法の研究をして、力を溜《た》めているんだよ？」

「……言いたいことは解《わか》るけど、そういうものかなぁ？」

「エルネさん、騙《だま》されてはいけませんよ。助走どころか、走り出す前じゃないですか」

　差し挟まれた呆《あき》れ混じりの声にティスカたちが振り返ると、部屋の扉を開けて入ってきたのは、何やかんやで工房に入り浸っているリセ・メーム・セラヴェードだった。

「あ、リセ、いらっしゃ～い」

お気楽そうなティスカの様子にリセはため息をつくと、長いライトブラウンの髪をなびかせてつかつかとティスカに歩み寄り、彼女の前にポンと一冊の本を置いた。

「はい、ご希望の魔導書です。研究するならパン作りじゃなくて、せめて一般的な魔法を研究してください。お仕事、まだ入っていないんでしょう？」

「ありがと～！　いやー、持つべきものは魔法系貴族のお友達だよね！　いくら大量生産品の魔導書でも、しがない一般庶民の私が買うには高いから。リセ、大好き！」

ティスカから、にぱっと笑顔を向けられ、リセは「――くっ」と声を漏らし、片手を口元に当てて顔を背け、それを見たエルネはヤレヤレと首を振る。

「……リセ先輩、あんまりティスカ姉を甘やかさないでくださいね？」

「エルネさんには言われたくない言葉ですけど……魔導書の研究は意味がありますし」

「その研究が、普通の魔導書制作に向いてくれれば良《い》いんですけど……」

リセとエルネ、二人が視線を向けた先では、ティスカが早速、リセの持ってきた魔導書を開き、嬉しそうな笑顔でページを捲《めく》っている。

「ほうほう……今回の改訂で追加されたのは、この魔法かぁ。消火用？　相変わらず教科書的で面白みに欠ける呪文《スペル》だなぁ。これだけの魔法に三ページも使ってるし。これなら数行で書けるよね。えっと……ここがこうなって……」

ティスカは机の抽斗《ひきだし》から一枚の紙を取り出し、そこにカリカリと呪文《スペル》を記述していくが、それは魔導書と比べると明らかに密度が濃く、ともすれば書き崩しそうなほど、細かく複雑。それを一切の迷いなく書き連ね、四行ほど。ティスカは頷いて手を止めた。

「これで、問題ないはず……？　比べてみよ」

右手に魔導書を持ち、左手には自筆の紙。ティスカが魔法を発動すると、僅かな時間差で白く濁った水球が二つ出現、彼女の目の前に浮かんだ。

「うんっ、同じもの！　成功だね！」

満足そうに笑うティスカだが、それを見せつけられたリセは呆れ顔でため息をつく。

「またそのようにさらっと……。短時間で呪文《スペル》の再構築をするどころか、同時に使ってみせるとか、器用すぎですよ、ティスカさん」

「だって、あまりにも無駄が多かったから。それに、簡単な魔法だしね？」

「それ、入門用じゃなくて、実戦用魔導書ですからね？　軍でも採用されている」

対して、ティスカの書いた呪文《スペル》をじっと睨《にら》み付けて解読していたエルネは、それがきちんと魔法として成立していることに、小さく「うわ……」と声を漏らした。

「確かに三ページが四行に纏まってる……。でもこれ、二ページ分ぐらいは呪律《サブ・スペル》だよね？　他の呪文《スペル》からも参照されてるから、纏めたら魔法の構築に失敗するよね？」

「でしょうね。ティスカさんの書く技巧的すぎる呪文《スペル》では、アレンジできませんから」

魔法使いが魔法を使う際、呪文《スペル》の構築を補助するのが魔導書の役割である。

だが、実際の現場では、魔導書の呪文《スペル》をそのまま構築することはなく、威力や持続時間などを設定した上で、最終的な呪文《スペル》として完成させて発動することになる。

そのために必要なのは、使用者の呪文《スペル》に対する理解。

当然、理解できなければ、そのような変更を加えることなどできない。

「解ってるよ～。でもその自由度こそが魔法の難しさ。自由度はなくても、最初から完成形の呪文《スペル》を記述しておけば、魔法の難易度は下がるよね？　そんな魔導書があれば、魔法を使える人はきっと増えると思うんだ！　そうなったら素敵だよね？」

希望に輝く瞳で理想を語るティスカを、リセとエルネは微笑《ほほえ》ましそうに見ていたが、エルネはすぐに真顔になり、「でもね、ティスカ姉」と言葉を続けた。

「その理想に、あの魔法の再構築は必要だった？　一応言っておくけど、さっきティスカ姉が使った検証用紙もタダじゃないんだよ？　お仕事、まだ取れてないんだよ？」

「うっ……いや、その……あ、そうだ！　さっきのパン！　新作パンを焼く魔法にあれを応用すると、もっとふわふわで美味しいパンができるんじゃないかと！」

「ティスカ姉……それ、滅茶苦茶《めちゃくちゃ》、後付けだよね？　言い訳だよね？」

「はい、魔導書工房の工房主としては違いますよね？　きちんとお金を稼がないと理想は実現できませんし、雇っているエルネさんに対する責任だってあるんですよ？　ティスカさん、自己満足だけではいけません」

「そ、そんなことないよ⁉　ちゃんと考えてるもん。待ってて、証明するから！」

言うなり、ティスカは再び検証用紙にズババババッとペンを走らせると、僅かな時間で呪文《スペル》を完成させ、それを持って立ち上がった――その時、ノックと共に扉が開いた。

「ティスカちゃ～ん、パンが焼き上がったんだけど、食べるかしら～」

ゆったりとした声と共に、顔を覗《のぞ》かせたのはティスカの母親、シビル。

ティスカを少し大人っぽくしたような、しかし年齢からすると非常に若々しい彼女は、ニコニコと穏やかな笑みで、エルネたちの前にパンの盛られた籠を置いた。

「いらっしゃい、エルネちゃん、リセちゃん。良かったら食べてね？」

「シビルさん、ありがとうございます」

「い、いただきます」

慣れた様子で応対するエルネと、少し戸惑い気味なリセ。

そんな二人とテーブルのパンには構わず、シビルに詰め寄ったのはティスカである。

「お母さん！　ちょうど良《い》いところに！　あのね！　今朝作った試作パン、改良を思いついちゃったんだ！　題して、二倍ふわふわパン！」

「あらあら、そうなの？　それは試してみないといけないわねぇ」

ティスカが自慢するかのように、先ほど書き上げた呪文《スペル》を見せれば、シビルも嬉しそうにそれを受け取り目を通す。

「ふふふ、これは自信あるよ？　きっと一段階上がっちゃうよ？　私の新作パンが！」

急《せ》かすかのようにシビルの手を引くティスカだったが、逆にシビルに押し返された。

「お友達を放っておいちゃダメでしょ？　お母さんに任せて、待ってなさい」

「あ、そうだよね。お願い。焼けたら持ってきてね！」

「はいはい。――それじゃあ、二人もゆっくりしていってね？」

エルネたちに一声掛けて戻る母親を見送り、ティスカはドヤ顔で振り返る。

「どう？」

「……いえ、どうと言われても……それってパン工房の娘としての行動ですよね？」

「……はっ⁉　いや。いやいや、新しい呪文《スペル》の構築！　とっても魔導書工房っぽい！」

「でも、収益に結びつきますか？　……いえ、パンの売り上げは増えるかもしれませんけど、新しい魔導書も家庭内で使うだけでは、魔導書工房の宣伝にもなりませんよね？」

「うぐ、正論だけに、反論できない……」

呻《うめ》いて言葉を詰まらせるティスカを見て、リセは語気を緩めて少し視線をそらせる。

「ま、まぁ？　誰しも得意、不得意はありますし？　ティスカさんが頼むなら、そのあたりは私が担当してあげても——」

と、言いかけたリセの言葉を遮るように、ティスカは『むっ』と両手を握った。

「解ったよ、リセ！　今度から『当店のパンは魔法で焼き上げてます』って宣伝する！うちのパンは美味しいし、お客さんも多いから、知名度アップ、間違いなしだよね！」

「い、いえ、私が言いたかったのは、そういうことでは……」

そんなティスカの宣言に、リセは少し残念そうな、そして複雑そうな表情で言葉を濁したが、ふと思い出したように「知名度と言えば……」と続けた。

「先日も同窓生から『ティスカ、実家のパン屋を継いだって。意外だよね～』と言われましたよ？　この辺りで商売を始めたと聞くと、すぐにパン工房と結びつくようで」

「パン工房ペリアプトって、それなりに有名だからねぇ。少なくとも、庶民の間では」

「うにゅにゅ～、パン屋の知名度が高すぎるよぉ。それはそれで嬉しいけど！」

ティスカはパン工房の一人娘で、同じ場所で働いている。

噂話《うわさばなし》レベルでは、勘違いしてもおかしくない条件が整っているわけで。

「確かに、知名度は高いみたいですね。近場で『パン工房ペリアプトの二階』と言えば、大体の人が場所を理解してくれますし」

「きっとそのうち、『ペリアプト魔導書工房の下にパン屋がある』って言われるようになるから！　ご近所だけじゃなく、王都中に知れ渡るから！」

「今なんてパン屋に来た人すら、二階に魔導書工房があることを認識してないもんねぇ」

「目立ちませんからね、この工房」

「ま、まぁね、今はまだ、知る人ぞ知る魔導書工房だからっ」

たらりと汗を垂らしながら、ティスカは強弁する。

しかし、それに対するリセはとても現実的だった。

「でもティスカさん、魔導書工房のお客さんの数が、パン屋のお客さんの数を上回る日なんて、本当に来ると思っていますか？」

「…………」

とても長い沈黙が全てを物語る。

ちなみに、この時ティスカが作り上げた〝二倍ふわふわパン〟は、驚異の柔らかさと大好評を博し、後に〝三倍ふわふわパン〟に進化、『ペリアプト魔導書工房』——ではなく、『パン工房ペリアプト』の名声を更に高めることに貢献し……。

魔導書工房がパン屋の知名度を上回る日は、まだまだ遠そうである。

第一章
逆境と開業

The Atelier of
Tailor-made Grimoires
Episode1
Adversity and Opening

Episode1
Adversity
and
Opening

ある朝、目覚めたティスカは、ちょっぴり途方に暮れていた。

妙に動きの鈍い体を苦労して起こし、なんだか細くなった腕と体を見て首を捻《ひね》る。

「胸が減った……じゃなくて、体があんまり動かない？」

昨日は学校に行って、講義を受けたはず、と記憶を辿《たど》る。

高等学校の卒業を間近に控え、必要な単位を粗方取り終えていたティスカが空いた時間を利用して取り組んでいるのが、趣味の魔導書研究である。

「講義を受けた後は、実習室を借りて……いつもの魔導書を解析してた、よね？」

実家の倉庫で埃《ほこり》を被《かぶ》ったその魔導書を見付けた時、ティスカの心は躍った。

一体いつの魔導書なのか。現代の画一的で面白みに欠けるものとは異なる呪文《スペル》。

魔法に関してだけは、常に学年一位をキープしているティスカを以《もっ》てしても解読できなかったが、どこか惹《ひ》かれるものを感じ、研究を続けて早数年。

未《いま》だ発動すら覚束《おぼつか》ないものの、それでも彼女が諦めなかったのは、そこに未知の治癒魔法に関する記述があったからに他ならない。

一般的に知られている治癒魔法の効果は、かなり限定的である。

小さな傷程度ならまだしも、大怪我《おおけが》や病気を治せるような魔法は、魔法系貴族の継承魔法として秘匿され、ティスカのような平民が触れる機会などない。

それ故、友人を病気で亡《な》くしたティスカにとって、その魔導書は正に福音だった。

「ま、成果は今ひとつなんだけど。それから……そう、爆発音が聞こえたんだった」


それは、音というよりも衝撃だった。

特別頑丈に造られている実習室の壁すら揺らす爆発音。

それが隣から聞こえたと認識した瞬間、ティスカは実習室を飛び出していた。

吹き飛ばされて廊下に転がる扉を踏み越えて中に入ると、血の臭いが鼻をつく。

部屋中に倒れる何人もの生徒と、血だまりに沈む一人の少女。

他の生徒に比べ、明らかに重傷のその少女は、まだ生きていた。

だが、あと数分もしないうちに、彼女の命が失われることは確実だった。

手元には、不完全ながら発動だけはできるかもしれない治癒魔法。

――ティスカは一切躊躇《ためら》わなかった。


「で、意識を失ったと。これは魔法の反動かな？　かなーり、強引に使ったし」

年相応には柔らかくぷにぷにしていた体が、僅か一晩でガリガリになってしまったことにため息をつきつつ、ティスカはベッドから足を下ろし、立ち上がる。

「ま、何はともあれ、ご飯食べないと。なんか、すっごくお腹《なか》すいてるし」

だがティスカの体は、その要望に応えてはくれなかった。

体重をかけた途端、足はかくんと折れ曲がり、体が前方へ傾《かし》ぐ。ティスカは慌てて傍《そば》にあった椅子に手を掛けるが、その手にも体重を支えるだけの力はなかった。

床に投げ出されるティスカの体と、その横に倒れ、ドンと大きな音を響かせる椅子。

「あ……れ……?」

起き上がろうと床に手をつくも、まったく力が入らない。

混乱と困惑。それを感じつつ、ティスカの意識は薄らいでいった。

◇　◇　◇

「一晩寝たら、留年していた。……いや、一晩じゃなかったわけだけど」

あの日、再度目を覚ましたティスカを待っていたのは、憔悴《しょうすい》した様子の両親だった。

そうして聞かされたのは、彼女が二ヶ月間も昏睡《こんすい》していたという事実。

当然ながら既に卒業式は終わり、僅かながらも単位の足りなかったティスカは留年。

そこから床上げするまで半年、普通に動けるようになるまで更に三ヶ月。

退学にされなかった温情に感謝しつつ、なんとか学校に復帰、必要単位を取得して卒業を決めたティスカではあったが、必然と言うべきか、一年前に決まっていた就職先からは、今後のご活躍をお祈りされることになった。

だが、大半は初等学校卒業が最終学歴、場合によってはそれすらできない人がいる中で、中等学校に進み、高等学校まで卒業したティスカは間違いなく優秀である。

あまりえり好みせずに探すのであれば、今からでも十分に就職先は見つかるだろう。

だがティスカには、それを選べない、選びたくない理由があった。

「予定よりもちょっと早いけど……よしっ！　やっちゃいますか！」

エルネがその話を聞いたのは、卒業を一ヶ月後に控えたある日のことだった。

「魔導書工房を作る？」

「うん。エルネにはそれに協力して欲しいんだけど、どうかな？」

「ティスカ姉の頼みなら、いくらでも、と言いたいところだけど、そんな簡単なものじゃないよね？　ちょっと考えただけでも工房を開く場所、必要な道具、そしてお客さん。このご時世、個人の魔導書工房なんて、やっていけるの？」

エルネは将来的な見通しが暗いと言うが、ティスカはあっけらかんと笑う。

「問題なし！　場所は実家の二階を借りるから。それにね、うちの家業はなーんだ？」

「え、美味《おい》しいパン屋だよね？　いつもお世話になってます」

普通のパン屋よりもちょっとだけ割高。でも、味の方はお値段以上。

ティスカのお店からは少し離れた場所に住んでいて、決して裕福とは言えないエルネの家でも、パンを買うときはティスカの所でと決めていた。

「うん、そうだね。ありがとう。でも、実は昔は違ったんだよね」

「初耳だけど……えっと、話の流れ的に、もしかして？」

「そう、実は魔導書工房だったのです！　ばーん！」

嬉《うれ》しそうに両手を広げたティスカだったが、エルネは冷静だった。

「それで道具が残っていると。でも、お客の方は？　廃業したからには理由がある——というか、はっきり言うと時代に取り残されたからだよね？　過去の遺物だよね？」

「うぅっ、キビシイツッコミ！　手加減して！」

かつて魔導書とは、個々人に合わせて作る高価な一品物だった。

使用者の素質に合わせた呪文《スペル》を書く呪文設計士《スペル・ビルダー》。

魔導書の内容に適した紙やインク、皮革を決める選定士《セレクター》。

それらを纏《まと》めて一冊の魔導書に仕上げる製本士《コンストラクター》。

更には必要な素材を採取したり、魔導書に合わせた皮革や紙を作る専門業者などなど。

技術と人を必要とする特別な仕事であったが、昨今の魔導書は画一化が進んでいた。

魔力効率よりも容易性、最適よりも経済性、美しさよりも生産性。

それらを重視した結果、大手の魔導書工房が作る似通った魔導書のみが巷《ちまた》に溢《あふ》れ、個人で経営しているような小さな魔導書工房は廃れていった。

呪文設計士《スペル・ビルダー》などは今も資格として残っているが、その仕事は面白みに欠ける退屈なもの。

ティスカなどからすれば、魔導書作りと呼ぶのも烏滸《おこ》がましいものと成り果てていた。

「でも残念なことに、それが今の主流なんだよ、ティスカ姉。現実を見よ？」

「だ、大丈夫！　考えがあるから。私を信じて！」

両肩にポンと置かれたエルネの手をぎゅっと握り、ティスカはエルネの目を見つめる。

その真摯な瞳に、エルネはちょっと怯《ひる》み、視線を逸《そ》らす。

「ま、まぁ、さっき言った通り、ティスカ姉がやりたいなら協力は惜しまないけど……お客が来なかったらどうするの？　シビルさんたちが怒らない？」

「お母さんたちは大丈夫だと思うよ？　でも、そうなったときは……」

「そうなったときは？」

「一緒にパンを焼こうね！」

その眩《まぶ》しい笑顔に、エルネは額に手を当てて天を仰いだ。

ティスカの実家は、地上三階、地下二階の建物である。

一階はパン屋、三階はティスカたち家族の住居、そして二階は物置として使われていたのだが、それも一月《ひとつき》ほど前まで。そこは今、ティスカとエルネの手によって綺麗《きれい》に片付けられ、地下一階にある倉庫から色々な道具が運び込まれていた。

「うぅ～、この箱、重い～。エルネ、そっち持って～」

「はいはい。よいしょ。――それじゃ、慎重に行くよ？」

情けない声を上げるティスカに苦笑を浮かべつつも、エルネはすぐに手を貸すと、ティスカを気遣うようにして階段を上がり始める。

体格的にはティスカと大差ないエルネだが、今回の作業量で言えば、ティスカを一とすれば、エルネは三以上、下手をすれば四ぐらいの割合。

だがそのことに関して、エルネは一度も愚痴を口にしてはいなかった。

「ティスカ姉、辛《つら》いなら休んでいても良いよ？　まだ本調子じゃないんだから」

「いや、できることは頑張るよ？　迷惑にならない範囲で」

昏睡から目覚めて一年近く経《た》ち、ある程度は普通に動けるようになったティスカではあるが、その体力は以前に比べて明らかに落ちていた。

普通に上り下りしていた階段で息が切れ、持てる物が持てない——日常生活こそ普通に送れているが、彼女が就職を諦めた理由の一つに、これがあったことは否《いな》めない。

「なら荷物運びより、掃除をして欲しいかな？　正直、ふらついて怖いし」

「エルネ、酷《ひど》い～」

「事実だもん。折角ご先祖様が残してくれた道具、壊したら困るよね？」

「それはねぇ。これとか買うとなったら、五〇〇〇万リットは下らないし」

ガタンッ！

エルネが階段を踏み外し、傾きかけた箱を慌てて頭と体で支える。

そんな彼女を「ほほぅ」と感心したように見るティスカを、エルネはキッと睨《にら》んだ。

「ティ、ティスカ姉！　そんな高価な道具、ふらついた足で持たないでよ!?」

「いや、今落としかけたのは、エルネの方なんだけど……」

「持つ前に言ってよ！　心構えするから！」

「え、でも、先に言われたら緊張しない？　落としたらどうしよう、とか」

「するけど！　でもそれなら、最後まで秘密にして！」

反論の余地もない言葉に、ティスカはなるほど、と頷《うなず》く。

「それじゃ、今後は何も言わないね。エルネがどんなに高い道具を運んでても」

「……やっぱ先に言って。怖いから」

話を聞く前ならまだしも、今となっては何の意味もない。

であるなら、本当に高い物を注意して運んだ方がマシと、エルネはため息をつく。

「それから、ティスカ姉はもう運ばなくていいから。残り少ないし、あたしの心臓に良くないからね！　指示出しと掃除だけしてて」

「そう？　じゃあ任せるね」

やや皮肉なことに、ティスカが抜けた荷物運びは良《い》いペースで進んだ。

元々残りが少なかったこともあり、設置と掃除を含めても小一時間ほどで終了。

ティスカたちは換気も兼ねて窓を大きく開け、新品のソファーに腰を下ろし、一階から貰《もら》ってきた焼きたてパンと、来客のために用意したお高めのお茶で一服していた。

「ふへー、何とか予定通りに開業できそうで、ホッとしたよ。エルネ、ありがと」

一ヶ月あまり掛けて整えられた部屋を見回し、ティスカは安堵《あんど》のため息をつく。

頑張って掃除したので綺麗になってはいるが、そこに置かれている道具のほとんどは古式ゆかしい魔導書工房の物で、最近では使われない物も多い。

予算の都合から、新しく購入したのは客を迎えるソファーやローテーブル程度。

新装開店という雰囲気ではなかったが、ティスカはこれにとても満足していた。

「どういたしまして。さすがに地下一階から二階までを何度も往復すると疲れるね。でも、この家って地下があったんだね？　何回か来てるけど、初めて知ったよ」

「倉庫だから、お客さんを入れる場所じゃないしねぇ」

「それもそっか。ちなみに地下二階は？　そっちも倉庫なの？」

「ううん、魔法の試験場。新しい呪文《スペル》を書いたら、テストしないといけないから」

「わぉ、凄《すご》い。そんな物まであるの？」

エルネが目を丸くするが、それも当然だろう。

新しい呪文《スペル》は、時に予想もしない結果を引き起こすことがある。

その影響が使用者のみに止《とど》まるならまだしも、周囲へと拡大したらどうなるか。

それを防ぐために必要なのが、高等学校にあった実習室のような施設だ。

物理的な防御と魔法的な防御。設置に多大なコストが掛かる施設を個人で持つことは普通なら難しく、これの存在がティスカの魔法技術向上に一役買ったことは間違いない。

――もっとも、この施設で防げるのは周囲への被害だけ。ティスカが保護されるわけではなく、結果彼女は、これまでに何度も危険な目に遭っていたりする。

「うちもそれなりに歴史ある魔導書工房だからねぇ……曽々《ひいひい》お祖父《じい》ちゃんの時代までは」

「みたいだね。ここにある道具類、買ったらどれぐらいするの？　こんな高価な物、よく残してたよね。廃業したなら売りそうなのに」

今、ティスカたちが食べているパンのお値段が二〇〇リット。

先ほどエルネが取り落としかけた道具の値段から考えても、総額がどれほどになるか。

だが、それを聞いたティスカは苦笑を浮かべて首を振った。

「たぶん需要がなくて、売れなかったんじゃないかな？　古いタイプの魔導書工房は時代遅れになってたわけだし。……いつか再開できたら、という思いもあったと思うけどね」

ティスカが目を向けたのは、部屋の一角に置かれた『ペリアプト魔導書工房』と書かれた看板。倉庫の隅で埃《ほこり》を被《かぶ》っていた物をエルネと二人で洗い、磨き上げた物である。

黒光りする堅い木材に刻まれた文字と飾り彫り。手がけた職人の技術が光るそれは、おそらくとんでもなく古い物だろうが、不思議と劣化などは見られなかった。

「あれも結構な代物だよね？　普通じゃない感じだし」

「うん。注文したら、凄く高いだろうね。ま、これらの道具が残ってなかったら、さすがに私も魔導書工房を開こうとはしなかったよ」

軽く笑ったティスカは、お茶を一口飲んでパンを美味しそうに頬張る。そんな彼女をエルネはじっと見ていたが、暫《しば》し瞑目《めいもく》すると、やがて意を決したように口を開いた。

「ねぇ、ティスカ姉」

「うまうま。やっぱこれが――ん？　エルネ、足りなかった？　なら下に行って――」

貰ってくればと、言いかけたティスカを遮るように、エルネが言葉を続けた。

「魔導書工房を作ったのって、あたしが原因だよね？」

その真剣な瞳に、ティスカは一瞬言葉に詰まったが、すぐに笑みを浮かべた。

「――なんで？　私の魔法オタクっぷり、エルネも知ってるよね？　前から魔導書工房を復活させたいと思ってたんだよ。体力も落ちてたから、働きに出たくなかったし。私、留年した落ちこぼれだからねぇ」

「嘘《うそ》。……ううん、完全には嘘じゃないけど、就職には困らなかったよね？」

一年前、ティスカが就職を決めていたことを、エルネは知っていたし、留年したといってもそれは不可抗力――どころか、人助けの結果である。

体力のなさを理由に挙げたティスカだが、魔法に関して高い能力を持つ彼女であれば、相応の仕事を見付けることは難しくはなかったし、当然、学校も配慮して、いくつかの就職先を紹介したのだが、ティスカはそれを全て蹴っていた。

それに対してエルネは、ティスカが声を掛けた時点でも就職先が決まっていなかったし、ある理由から決めかねていた。それは――

「あたしがあの事故で、魔法を使えなくなったから、だよね？」

そう、ティスカが留年する原因となったあの事故。

それで重傷を負ったのがエルネだった。ティスカの魔法で一命こそ取り留めたものの、その代償としてティスカは昏睡《こんすい》に陥り、エルネは魔法を発動できなくなっていた。

「それに、あたしを助けるために無理したでしょ？　詳細不明の治癒魔法を使って」

エルネは申し訳なさそうに目を伏せるが、ティスカは少し困ったように言葉を濁す。

「いや、その……、正直に言うと、あの時はエルネと気付いてなかったんだよね」

「………え？　そうなの？　あたしだから必死で頑張った、とかじゃなく？」

「うん。目を覚ました後で聞いて、ホント、寿命が縮むかと」

「それはこっち！　二重の意味で‼　助けてくれたのがティスカ姉で、しかも昏睡状態とか、もうどうしようかと……というか、治す時に判《わか》らなかったの？　あたしのことが」

エルネの少し不満げな視線を受け、ティスカは首を傾《かし》げる。

「あれ？　もしかしてエルネ、聞いてない？　どんな状況だったか」

「状況？　爆発事故であたしが死にかけた、大量の出血があった、とは聞いたよ？」

「あー、見てる人、あんまりいなかったからねぇ」

あの時の状況を思い出し、ティスカは『うんうん』と頷く。

事故現場にいた人を除けば、最初に部屋に飛び込んだのはティスカ。

被害者には意識のある人もいたが、そこまで余裕のある人はいなかった。

「かなり慌ててたこともあるけど、学校中に響き渡るほどの大爆発、だよ？　一番近くにあったエルネの顔、どうなってたと思う？　比喩じゃなく、なくなってたよ？」

「……はい？　そんなに？　冗談じゃなく？」

若干血の気の引いた顔で聞き返すエルネに、ティスカは深く頷く。

「うん。冷静だったら、髪型や体格で気付いたかもしれないけど……詳しく知りたい？」

「いい！　聞きたくない！」

「そうだね、私もあんまり話したくない。ホント、良かったよ～、元に戻って」

ティスカはふやふやとした表情で、隣に座るエルネの顔をペタペタと触る。

エルネはそれを甘んじて受け入れていたが、やがてティスカの顔に手を伸ばした。

「助けてくれたのは本当に嬉《うれ》しい。でも、それでティスカ姉は意識を失ったし、この髪だって、その影響だよね……？　瞳の色だって……」

エルネがそっと掬《すく》い上げた、ティスカの薄桃色で綺麗な髪。

その中に一房、白く色が抜けてしまっている部分があった。

それを悲しそうに見るエルネだったが、ティスカの方は対照的に「あはは」と笑う。

「あぁ、なーんか、ちょっとアクセントがついたよね。あまり問題はないけど」

「問題あるよ！　女の子の髪だよ⁉　瞳だって……綺麗《きれい》だけど……」

「どっちも実害はないし？　それよりも、痩せ細った体の方が問題かなぁ？　二ヶ月も寝ちゃうんじゃ、あの魔法、簡単には使えないよ～」

「使わないで⁉　ティスカ姉が優しいのは知ってるけど、他の人を助けるためにティスカ姉が目覚めなくなったら……」

「使わないよ。さすがにあれだけの代償があるんじゃ、他人相手には使わないよ……たぶん。エルネとか、お母さんたちとか、親しい人が危ない場合は別だけど」

「それも控えて欲しいけど……言っても無駄だよね？」

魔法に関しては箍《たが》が緩みがちなティスカ。それに情という理由まであれば、躊躇《ちゅうちょ》したりはしないだろうと、諦め気味にエルネが尋ねれば、ティスカは当然と頷いた。

「うん。それに解析が進めば普通に使えるようになるかも？　だとしたら凄いよね？」

「そんなに甘くないと思うけど……。でも、本当に気を付けてね？」

エルネのお願いに「もちろん！」と笑うティスカの顔を見て、エルネはため息をつき、

『自分がしっかりしないと！』と決意を新たにしつつ、その困難さを思う。

「はぁ……。それじゃティスカ姉。最後の仕上げに看板を掛けようか？」

「あ、そうだね！　いよいよだね！」

パン屋の入り口横の壁に、看板をコンコンと打ち付け、二人は少し離れてそれを見る。

上に大きく掲げられた『パン工房ペリアプト』の明るい色合いに比べると、小さくてシックなその看板は、はっきり言って目立たないが、ティスカに不満はなかった。

エルネと二人で綺麗に磨いた看板は、その歴史以上に輝いて見える。

それに、看板なんてなくてもお客が来る、そんな工房にするのがティスカの目標。

そのことを思い、ティスカは両手を握って気合いを入れる。

「よしっ！　ペリアプト魔導書工房、開業だね！」

◇　◇　◇

ペリアプト魔導書工房を花束が訪れたのは、開業から数日後のことだった。

「開業、おめでとうございます。ティスカさん、エルネさん」

花束からお祝いを告げられ、ティスカは目をぱちくり。エルネが慌てて花束を受け取ると、その向こうから現れたのはティスカの元同級生、リセだった。

「あ、リセ先輩。ありがとうございます」

「リセ！　来てくれたんだ、ありがとう！　たくさんのお花まで……でも、来てくれただけで嬉しいから、お祝いはリセの笑顔だけで良かったんだよ？」

「そういうわけにもいきません。良識ある大人として手ぶらで来るなんて」

「そんな面倒な大人の付き合いみたいな……」

「大人なんですよ！　私たちは！　もう！」

「リセは、つまんない大人になっちゃったんだね」

ティスカが「ふぅ」と肩をすくめれば、リセは「むむっ」と眉尻を上げた。

「常識の話ですっ。挨拶状を貰《もら》えばお祝いに訪れますし、手土産も用意します。本当は当日に来たかったのですが、どうしても外せない家の付き合いがありまして」

「あぁ、リセって貴族だもんね。大変だね、貴族」

「そうですね。今回も色々と面倒な……って、どうでも良《い》い話ですね」

リセはため息をつき、気分を変えるように頭を振って、笑みを浮かべた。

「改めてお祝い申し上げます。ティスカさんも無事に回復されたようで、安心しました」

「うん、エルネの手助けもあって、なんとかやってるよ」

「そのようですね」

そう言うリセが向けた視線の先では、エルネがいくつもの花瓶を用意し、小分けにした花束を生けて、「こんな感じかな？」と満足そうに頷《うなず》いていた。

「エルネさんも、ティスカさんのサポートは大変でしょ？」

「そうでもないですよ。魔法に関しては、間違いなく有能ですし。——でも、リセ先輩は律儀《りちぎ》ですね。実はお祝いに来てくれたの、リセ先輩だけなんですよね」

「そうなんですか？　……挨拶状を送ったの、私だけだったり？」

「ううん？　そんなに多くはないけど、親しかった人には送ったよ？　一年も経《た》っちゃったし、みんな、忘れちゃったのかなぁ？」

「それはないと思いますが……思うに、来たけど声を掛けられずに帰った、とか？」

悲しそうなティスカに、リセが少し考えてそんなことを言うが、言われたティスカの方は、不思議そうに目を瞬《しばたた》かせ、小首を傾げた。

「え？　なんで？　別に入りづらいってことは……あんまりないと思うけど」

「いえ、工房を開くと知らされて、来てみたらパン屋ですよ？　魔法で鳴らした同級生が留年してパン屋になったとか、どうやってお祝いを言うべきか、普通なら悩みます」

「ぶ～、パン屋、良いのに。人気だよ？　うちのパン屋」

「人気でも、世間一般の評価はそうなんです！」

高等学校の卒業生という高い社会的評価に加え、魔法関連だけとはいえ、昏睡に陥るまでは学年トップをキープしていたティスカは、所謂《いわゆる》勝ち組。

いくら人気があってもパン屋とは比較にならないし、そんな『勝ち組』がパン屋になったと聞けば、普通の人は『失敗した』と認識する。それが一般的な見方である。

「くっ！　世間のパン屋に対する意識改革を――」

「違うでしょ！　ティスカさん、あなた、魔導書工房を作ったんでしょ！」

「おっと、そうだった。でも、案内状には書いたよね？　魔導書工房を開くって」

「書いてませんでした！　正直私も、ここに来るまでドキドキだったんです！」

「あれぇ～？　おかしいな？」

「ティスカ姉……そこを書き忘れたら、宣伝にもならないよ……」

少し疲れたようにため息をついたエルネの両肩に、リセが同情するように手を置く。

「エルネさん、本当に良いんですか？　こんな人と一緒に商売をして。なんでしたら、就職先をご紹介することもできますよ？　これでも貴族ですから」

「うん……でも、ティスカ姉だから。ダメなところはあたしがフォローすれば良いし」

「できた人ですね。ティスカさんは、エルネさんの存在に感謝すべきです」

「なんか酷《ひど》い⁉　それから、エルネは私のだから‼　あげないよ！」

リセから奪い取るように、ティスカがエルネの手を引っ張り、抱き寄せる。

そんなティスカを見て、リセはふっと微笑《ほほえ》んで、肩をすくめた。

「別に無理強いはしませんよ。エルネさんも、不満はないようですし？」

少し嬉しそうな表情を浮かべているエルネを見て、リセが揶揄《からか》うように笑う。

それに気付いたエルネは、慌てたようにティスカを押し返すと、コホンと咳払《せきばら》い。

「んんっ。でも、来てくれたら解《わか》ると思うんですけど。看板も出しましたから」

「あぁ、あの壁と同化している看板ですか。気付かなかったのかもしれませんね」

「同化……あんなに素敵な看板なのに……」

「あたしたち、頑張って綺麗に磨いたのに……」

さらりと告げられた感想に、ティスカとエルネがやや傷ついたような表情になる。

それを見てリセも少し気まずそうに目を逸《そ》らすが、正しいのはリセの方である。

あの看板は工芸品としては美しくても、目立つという意味では失格だ。

「いえ、その……近くで見れば味があると思いますよ？　でも、どう考えても最初に目に入るのはパン屋の看板です。入り口もパン屋の物しかありませんし」

「あぅ……さすがに改築するのは無理だったんだよねぇ」

魔導書工房を始めた頃に建てられたこの建物だが、工房だった一階は現在パン屋。

直接二階に客を招くことなど想定しておらず、外階段も存在しないのだが、新たに階段を作る資金もスペースもまたない。結果、魔導書工房を訪れるには一度パン屋に入って内階段を上るしかなく、店舗の立地としてはかなり致命的であった。

「でもでも、良いところもあるんだよ？　お客さんにいつでも美味《おい》しいパンを出せるから。ということで、ちょっと取ってくる。リセは座って待ってて！」

そう言ってパタパタと出て行くティスカを、リセは柔らかい表情で見送ると、ソファーに腰を下ろして、安堵《あんど》したように息を吐いた。

「ティスカさん、元気になったようで、安心しました」

「そうですね。体力にはまだ不安もあるようですが、日常生活なら問題なく。どうぞ」

リセの言葉に微笑んだエルネは、お茶を淹《い》れてリセの前に置いた。

「ありがとうございます。……エルネさんも元気そうですね」

「はい。ティスカ姉のおかげで、体の方はまったく。魔法の方は……ですが」

「噂《うわさ》だけは聞いていましたが、それ以降も？」

「残念ながら。魔力がなくなったわけではないんですが」

「そうですか……。ですが、生きているだけでも奇跡だと思いますよ？　正直、倒れている二人を見た時は、心臓が止まるかと思いました。あの出血量、もうダメだと……」

その光景を思い出したのか、リセは少し血の気の引いた顔で、眉尻を下げる。

「リセ先輩もあの場に？」

「あれだけの爆発ですよ？　既に引退していましたが、これでも学生会長でしたし、卒業間近で時間もありましたから、色々と後処理に奔走したんです」

「それは、ご迷惑をおかけしました」

エルネは申し訳なさそうに頭を下げたが、リセは渋い表情でゆっくりと首を振る。

「いいえ、エルネさんにあの事件の責任はないですし。そもそも原因は——」

「ただいま！　焼きたてを貰ってきたよ！」

リセの言葉を遮るように戻ってきたのは、パンが山盛りの籠を持ったティスカ。

その数は一〇を優に超え、どう見ても年頃の娘三人が一度に食べる量ではない。

「……ティスカ姉、これ、お茶請けって量じゃないでしょ」

「私とエルネの昼食分もあるよ？　それにリセには、うちのパンの美味しさを知ってもらわないと！　ささっ、食べて、食べて！　甘めのを選んできたから！」

呆《あき》れたようなエルネの視線にも負けず、ティスカはぐいぐいとリセにパンを勧める。

それに押し切られるように、リセはパンを手に取り一口、目を丸くした。

「い、いただきます……。わ、美味しいですね、このパン」

「でしょ～？　ご近所のみならず、結構な評判なんだよ」

自分もパンに手を伸ばしつつ自慢気に胸を張るティスカに、リセは頬を緩めて頷く。

「これなら自慢したくなるのも解りますね。……うちのパンもここにしましょうか」

「お買い上げ、ありがとうございま～す！」

「うちの料理人に提案するだけですけどね。――食べたら納得するでしょうか？」

「さすが貴族！　お土産に包むね！」

さらりと持ち帰って食べさせてと言うティスカに、リセは『ふむ』と顎に手を当てる。

「なるほど、魔導書工房に来たお客も、パン屋のお客にしようと。策士ですね」

「いや、そんなつもりは……好きになってくれたら嬉《うれ》しいけど」

目をぱちくりするティスカに、リセはパタパタと手を振って、言葉を続ける。

「またまた。商売上手は良いことですよ。――それで、上手《うま》くいってるんですか？」

「ん～、それがねー、あんまり。呪文《スペル》の改良が上手くいってなくて」

ティスカは困り顔だが、リセは少しホッとしたように表情を緩めた。

「あぁ、お仕事は取れたんですね。良かった――」

「なんか上手く焼けないんだよね。粉の配合、もしくは発酵時間に問題があるのかも？」

「それって、パン屋の方ですよね!?　魔導書関係ないですよ！」

リセがパシンとテーブルを叩《たた》くが、ティスカは動じず首を横に振る。

「いやいや、あれは十分なポテンシャルがあると思うんだよ。綺麗《きれい》に焼ければ、ヒット商品になる予感。この嗅覚は、ちょっと自慢できるよ？」

「自慢してる場合ですか！　そもそも、なんでパン屋に呪文《スペル》が関係するんですか⁉」

「フフ、それはね、うちのパンは全部魔法で焼いているからだよ？　日に何度も焼きたてパンを提供できるのは、そのおかげ。秘密だよ？」

普通のパン屋が何故《なぜ》纏《まと》めて焼くかといえば、大きなパン窯を温める時間や燃料、発酵の温度管理などの負担が大きいからである。当然、手間と燃料費を惜しまなければ回数は増やせるが、庶民が主食として食べるパンに、そのコストを転嫁《てんか》できるはずもない。

その問題点を解消するためにパン工房ペリアプトが取った手法が、魔法の活用である。

「……本当に？　そんな贅沢《ぜいたく》なことを？」

「うん。うちって、魔導書工房からパン屋に転業したでしょ？　元専門家だから」

新規参入するにあたり、前職の知識を生かして差別化を図る。

それが上手くいき人気店になれたわけだが、同時に魔法使いがいなければパンが焼けないという、後継者問題に悩まされそうな欠点も抱えることになっている。

「でしょ、と言われても。初耳ですよ？　いつの話ですか？」

少し不満そうに眉根を寄せたリセに、ため息をついたエルネが注釈を入れる。

「リセ先輩、それ、八〇年以上前の話ですから」

「知るわけないでしょ⁉　……ティスカさんの能力の高さは血筋ですか」

「なのかなぁ？　魔法に興味を持ったのは、それが原因だけど」

顎に指を当て、首を傾《かし》げるティスカを見て、リセがしまったと頭を下げる。

「……いえ、すみません。ティスカさんは人一倍努力してましたね」

「え？　あぁ、気にしなくて良《い》いよ？　実際、血筋は魔力に影響するみたいだし」

「はい。昔ほどではないですが、魔法系貴族は未《いま》だ力を持っていますしね」

レルサート魔法王国では、建国当時から魔法系の貴族の勢力が強い。

――いや、正しくは、魔法使いが主体となって建国したのがレルサート魔法王国であり、それらの魔法使いを家祖とする貴族は、必然的に力を持ち続けていた。

それは多くの魔法使いを輩出し、国の繁栄、国防に寄与してきたことも大きいのだが、そのことに危機感を覚えたのが一〇代ほど前の国王である。

少数の魔法使いが強力な魔法を使えたとしても、所詮は個の力。

状況次第で数に押し切られかねないと、変革を進めて学校を設立、広く門戸を開き、高等学校を卒業すれば一人前の魔法使いになれるよう、環境を整えたのだ。

「卒業生は未だ魔法系貴族が多いんですけどね。――私が言うのもなんですが」

「おかげで私は魔法が学べたけどね～って、リセ、なんで『私が言うのも』なの？」

不思議そうに聞き返したティスカに、リセがジト目を向ける。

「……ティスカさん、もしかして私の名前、知らないんですか？　リセ・メーム・セラヴェードですよ？　セラヴェード家といえば、魔法系貴族として有名ですよね？」

「…………おぉ！」

ティスカが長い沈黙を経てポンと手を打つと、悔しそうにリセが歯噛《はが》みする。

「くっ！　薄々理解してましたが、ティスカさん、あんまり私に興味ありませんね⁉」

「い、いや、そんなことないよ？　うん。貴族で成績トップ、美人で誰からも頼られる学生会長！　それから、それから……魔法の成績だけは私に負けてる？」

「それ、凄《すご》く表面的な情報ばかりですよね‼　ぐぬぬっ！」

「リセ先輩、諦めてください。ティスカ姉ですから。どうせあたしの家が、変革により没落した魔法系貴族ということも認識していませんよ」

「え、そうだったの？　確かに家はちょっと広いな、とは思ってたけど」

エルネは『ほら』と肩をすくめたが、リセはむっと眉を吊《つ》り上げた。

「ティスカさん、薄情すぎません⁉　以前、『エルネは私の大事な妹』とか、『自慢の妹』

とか言ってましたよね！」

「……ティスカ姉、そんなこと言ってたの？　リセ先輩に」

「リセだけじゃなく言ってるよ？　でも仲良くなるのに、家のこととか関係なくない？」

「正論ですけど、普通はもっと興味を持ちますよ？　大事な友達なら」

「でも、親しくても踏み込まれたくないこともあると思うし……」

少し困ったように眉尻を下げたティスカを見て、エルネは小さく笑う。

「ティスカ姉って、妙なところで臆病だよね。まぁ、あたしも言わなかったし。爵位を失ったのは何代も前のことで、もう屋敷《やしき》ぐらいしか残ってないから」

「そういう元貴族は多いですよね。高等学校にもたくさんいましたし。もっとも、高等学校に入れない人もまた多いのですが。――努力が足りませんね」

「確かに元魔法系貴族なら、高等学校に必要な魔力量はあると思いますが……中等学校で諦めちゃう人は多いですよね。逆に平民は中等学校に進まない人が多いですし」

「中等学校に進んで魔法を学んでも、活かす機会がないもんねぇ」

「平民からすると、魔導書は高いでしょうからね」

魔導書とは魔法の構築を補助する物である。画一化が進んだため、昔に比べると安くなったが、それでも一般庶民からすればとんでもなく高価な代物である。

魔導書なしでも魔法は使えるのだが、一般的な中等学校の卒業生では、せいぜい小さな火種を熾《おこ》すとか、光を浮かべるとか、その程度。便利と言えば便利だが、数年掛けて勉強した結果としては少々ぱっとせず、多くの平民は中等学校に進まずに働くことを選ぶ。

対して、高等学校を卒業できれば、状況はまったく変わる。

ほぼ確実に、軍を始めとする国の組織に就職できるし、高い給料も保証されている。

その代わり入学も卒業も難しく、卒業生に占める平民の割合はかなり小さい。

「そこだよ。魔法を少しだけしか使えない人には活躍の場がない。魔法王国を名乗ってるんだから、もっと一般的に魔法が使われても良いと思うんだよ。うちのパン屋みたいに」

「いや、無理でしょう。パン毎《ごと》に専用の呪文《スペル》を作るとか、どれだけかかると」

「そう、今の魔導書は高すぎる。必要な物を必要なだけ。私は魔導書業界を変革する！」

やや呆れたようなリセをビシリと指さし、ティスカは力強く宣言した。

「……それが魔導書工房を作った理由ですか？」

「それも、だね。色々あるから……」

「志は立派ですけど、商売として成り立つんですか？　見通しは？」

「もちろん！　良い物を作ればお客さんは来る！」

「来ません！　商売、舐《な》めてるんですか！」

得意げに胸を張ったティスカの頭を、リセの平手がペシンと叩く。

「ぎゃふん。えー、でも、うちのパン屋はこれで成功したって――」

「パンと魔導書を一緒にしない！　全然別物でしょ！」

「でもでも、一度食べてもらえたら、良さが判《わか》るって――」

「魔導書をパンみたいに気軽に買えるか！　そもそもまだ一冊も作ってないでしょ！」

ややや乱れた口調でバンバン机を叩いたリセが、頭を抱えて首を振る。

「パンに関しては商売上手なのが、逆に心配になってきました。大丈夫なんですか？　私のライバルが路頭に迷うとか、許されませんよ？」

「ライバルだなんて、そんな～。学生会長まで務めた優等生のリセさんに比べると、私なんて劣等生、塵芥《ちりあくた》ですよ？」

照れたようにパタパタと手を振ったティスカの頭を、リセが両手でガシリと摑《つか》み、顔を近付けて凄《すご》みのある笑みを浮かべる。

「私はその塵芥に、魔法関連の試験では一度も勝てなかったんですけど？」

「いやいや、最後には勝ったでしょ？　――私、試験を受けられなかったし」

「そんなの認められますか！　くっ、お祝いに来ただけで、こんなに疲れるなんて……」

「お疲れさまでーす」

「あ・な・た・が、原因です！」

ティスカの髪と顔をもにゅもにゅと弄《いじ》りたおしたリセは、「あうぅ～」と鳴いているティスカから手を離し、疲れたようにソファーに腰を沈めた。

「はぁ。エルネさん、これで本当に大丈夫ですか？」

「ま、まぁ、さっきも言った通り、そこをフォローするのがあたしの仕事？」

「そのエルネさんはどのように考えて？」

今後の見通しは、との問いに、エルネはそっと目を逸《そ》らす。

「本気で心配になってきました……。普通に就職した方が良かったんじゃないですか？　フォローするとは言っても、商売に関してはある意味、ティスカ以下なのだ。

留年したとはいっても、ティスカさんの能力なら引く手数多《あまた》でしょうに……。体力面で不安があるなら相応の場所を紹介することもできますよ？　エルネさんも含めて」

リセが深いため息をつき、心配そうに提案するが、ティスカは明るく笑う。

「まま、なんとかなるよ！　まだ数日だからね！」

「楽観的な……。お願いですから、どうしようもなくなる前に相談してくださいね？」

「ありがと、頑張るね！　――で、で、リセは最近どうしてるの？　首席卒業だったんだよね？　どこで活躍してるのかな？　情報、なかったんだよね」

わくわくと身を乗り出したティスカから、今度目を逸らしたのはリセだった。

「その……就職したのは大手魔導書工房だったんですが……」

「そうなんだ？　てっきり国の組織に就職すると思ってたけど、意外……でもないか。魔導書工房なら、高等学校で学んだことを生かせるもんね。大手なら安泰だし」

「リセ先輩、名実共にティスカ姉のライバルですね」

「いえ、就職したんですが、辞めたんです。先日」

「「……」」

すごいね、と頷《うなず》いていたティスカとエルネが沈黙、顔を見合わせる。

「……それは、クビ、的な？」

「違います。辞表を叩きつけてやりました。私とは方針が合わなくて」

「あ、やっぱりリセも、今の魔導書は良くないと思ってるんだ？」

少し嬉《うれ》しげなティスカだが、リセは少し考えてから首を振った。

「良くない、とは少し違いますね。大手の魔導書も必要だと思いますから」

庶民には高くても、昔に比べれば確実に安くなっているし、画一化されているということは、魔法の効果にばらつきがないということでもある。

管理する側、特に軍などに於《お》いては非常に扱いやすいと言えるだろう。

「なーんだ。じゃあ、何が不満だったの？」

ティスカは残念そうに、しかし軽く聞き返したが、リセの反応は大きかった。

「仕事内容です！　学校や軍への挨拶回り、魔導書採用のお願い、納入業者への値下げ交渉。たまに魔導書に関わったかと思えば、いかに安い材料で作るかの追求。それはコスト削減も重要ですよ？　でも品質を落としたり、業者に無理をさせたりするのは違うと思うんですっ！　お仕事は共存共栄。何が悲しくて、一回り以上も上の人たちから、親の敵《かたき》みたいに見られないといけないんですか‼」

憤懣《ふんまん》やるかたないと、ドンドンと机を叩《たた》くリセの手を、ティスカが取る。

「どうどう。落ち着いて？　手を痛めるよ？　——つまりはそれで辞めた、と」

「はい。私が頑張って勉強したのは、あんなことをするためじゃありません。——お給料は良かったんですけど」

「ティスカ姉に勝つためですよね？」

「はい——って、違いますよっ。この国を良くするためです」

「なるほど、私と同じだねっ！」

「違う、と主張したいですが……間違ってもいないんですよね」

ニコニコと笑うティスカの顔を見て、リセは少々複雑な表情を浮かべる。

ティスカの試みが上手《うま》くいけば、平民の暮らしは良くなるかもしれない。

だが、行き当たりばったりにも見える行動だけに、素直に賞賛もしづらい。

「……ティスカ姉は私欲も入っていそうだもんね？」

「自分の興味も満たしつつ、社会も良くなれば最高だよね？」

「素晴らしい考え、と言って良いんでしょうか。社会貢献と考えれば……？」

「ティスカ姉だからねぇ……。——それじゃ、リセ先輩は別のお仕事を？」

「はい。その予定ですけど、両親はしばらく休んだら、と言ってくれています。別に今、無理して働く必要はないから、家にいれば良いと」

「そうだね、リセには少し休息が必要かもね」

情緒不安定は大きなストレスの証《あかし》。

先ほどのリセを思い出し、ティスカは深く頷く。

「なら今は、家でご両親の手伝いですか？　貴族の跡継ぎ教育を兼ねて」

「そちらは今更ですね。あえてやるほどのことではありませんし、両親は元気ですから、私に回ってくるのは当分先でしょう。——そんなわけで、最近暇なんですよね」

リセがそう言ってちらりとティスカを見れば、ティスカは目をパチパチさせてから少し視線を落とし、ゆっくり頷く。

「――へぇ、そうなんだ」

「あまり家にいると、貴族関連の付き合いをしないといけないので、面倒ですし」

「――大変だね、貴族って」

「はい。ですから、早めに働きに出たいんですよ。できれば両親も安心できる場所に」

「――なるほど。職場は大事だよね」

「このまま家にいて婿を取っても良いとは言われていますが、私はまだ働きたいですし」

「――勤勉だね。さすがはリセ」

「……………」

木で鼻を括《くく》ったような掛け合いが続き、二人は微妙に視線を逸らした状態で互いの顔を見て、沈黙。それに挟まれるような状態となったエルネは、視線を彷徨《さまよ》わせて何か言おうと口を開いたり、閉じたり。だが、その口から言葉が出る前にリセがキレた。

「ううぅ……もう良いです！　パン、ごちそうさまでした！」

悔しそうに少し口元を曲げたリセは、残っていたお茶を飲み干すと、ティスカがお土産にと包んでおいたパンを持って立ち上がる。

それから数拍おき、ティスカが何も言わないのを見て取ると、ぷいと顔を逸らして足音も高く扉に向かい、振り返ってティスカにべっと舌を出して工房を後にする。

だがその際も扉は静かに閉めていくのは、育ちの良さ故か。

本当に怒っているのかやや微妙な感じではあるが、そんなリセを見送ったエルネは、少し困ったようにティスカに尋ねた。

「ティスカ姉、良かったの？　リセ先輩、明らかに誘って欲しそうだったけど」

「……やっぱりそうだよね？」

気まずそうに、困り顔で腕を組むティスカを見て、エルネはため息をつく。

「解《わか》ってて、あの反応だったの？　リセ先輩、可哀想《かわいそう》……」

「いや、だって、うちは無名の魔導書工房だよ？　対してリセは、貴族令嬢で首席卒業のエリート。この先どうなるか判らないのに、簡単には誘えないよ。相応のお給料を払えるならまだしも、いくらうちのパン屋が人気店でも、そんなに出せないし」

「そこは魔導書工房でしょ⁉　パン屋で賄おうとしない！」

「おっと、そうだった。魔導書工房が軌道に乗って、評価されてれば誘えたんだけどね」

「つまり、軌道に乗ったら誘うつもりはある、と」

「可能性はあるけど、その頃には別の所で働いているんじゃないかな？　その気になれば、働ける場所はいくらでもあるだろうしね？」

「そうですね。それに比べて、うちはしがない魔導書工房」

「正にそれ。まだお仕事も来ていない、ね？　残念ながら縁がなかったんだろうね」

そうして二人は顔を見合わせて、困ったように笑った。


そんな話をした翌日のこと。

ペリアプト魔導書工房には、普通にリセの姿があった。

「プロモーションが必要です！」

「ぷろもーしょん？　――っていうか、リセ、来たんだ？」

「なんですか？　来ちゃいけませんか？　邪魔ですか？」

ちょっとムッとしたような、それでいて不安そうな表情を見せるリセに、ティスカは少し嬉しそうな笑顔で首を振った。

「いや、そんなことはないよ。でも、良《い》いの？　就職活動とか」

「良いんです。――これも就職活動の一種ですし」

「え？　なに？」

リセの付け加えた呟《つぶや》きをティスカが聞き返すが、リセは首を振って言葉を続けた。

「なんでもないです。それよりプロモーションです。あの後、知り合いを回ってみましたけど、誰も知りませんでしたよ？　ティスカさんが魔導書工房を始めたことを」

「そうなの？　私ってそれなりに有名だと思ったけど、自意識過剰？」

高等学校時代は魔法関連の講義でトップを独走し、魔法に傾倒するあまりに多少のトラブルを起こしたりしつつ、卒業間近に休学して留年。

話題性は十分なだけに、挨拶状を送れば噂《うわさ》ぐらいにはなるかも、と思っていたティスカは、直接挨拶に行くべきだったかと少し落胆するが、リセはそれは違うと首を振る。

「いえ、話題にはなってましたよ？　無事に回復して安心したとか、卒業できて良かったとか。ティスカさんって、愛されキャラでしたし？　ですが、仕事の方は……『パン屋を始めてたんだけど、どうしよう？』と相談されたぐらいです」

「わお。リセ先輩の懸念《けねん》、的中？」

「うぬぬ……これは、訂正行脚《あんぎゃ》？　ついでに売り込みも……」

「もちろん私が訂正しておきましたし、魔導書が必要な場合は是非に、とは頼んでおきましたわ。誰か必要とする人があれば紹介を、とも」

「おぉ！　助かるよ、リセ。ありがと！」

「どういたしまして。もっとも、彼女たちがここの魔導書を必要とすることは……」

明言こそしないが、可能性は低いと言うリセに、ティスカたちも頷く。

実際彼女たちは、大手魔導書工房の魔導書でも特に問題ない実力者たちである。

そこから取りこぼされている、具体的に言うならば中等学校卒業レベルの人たちを狙っているティスカの工房とは微妙にマッチせず、人脈もあまり期待できない。

だが、残念そうに顔を俯《うつむ》かせるティスカを元気づけるように、リセは語気を強めた。

「なので、プロモーションです‼　私たちの周辺じゃない人たちへ、これまで実用的な魔法を諦めていた人たちへ、この魔導書工房の存在を知らせる必要があります！」

「うん……そう、そうだよね！　狙うべきはそこだよね！」

「大手魔導書工房での営業経験が生かされるんですね！　リセ先輩！」

エルネから期待の籠もった熱い視線を向けられ、リセは困ったように目を逸《そ》らす。

「あ……いえ……、そちらはあまり……」

「そうなの？　大手なのに、ノウハウとかは？」

「だって、私が勤めていた工房の顧客は、学校や軍ですよ？　方向性がまったく逆ですから。素材問屋とか、そちらの繋《つな》ぎに関してはお手伝いできますけど」

「それはありがたい。でも、求めている回答じゃなかった！」

「すみませんね‼　市場調査――というか、顧客の要望を聞いてそれを反映させることはありますけど、魔導書は広く一般に売るって物じゃないですからね。軍や学校のような大口顧客の要望を取り入れておけば良い、って感じなんですよ」

在野の魔法使いもゼロではないが、彼らも高等学校で魔法を学んだわけで。代わり映えのしない魔導書でも、その方が使い勝手が良く、特に不満がないのだ。

「あたしたちのお客さんは、大手魔導書工房の客層と一般人の間、中等学校卒業レベルで高等学校には行かなかった人、かぁ。知り合いにいないわけじゃないけど……」

「でも、私たちの魔導書って、完全に顧客の要望を取り入れた物だよね？　価格や機能に関してもお客さん次第。世間一般を調べて意味あるのかな？」

「あえて言うなら市場規模、商売として成り立つほど需要があるか、顧客層が受け入れられる価格で魔導書が作れるかを調べるくらいですが、もう工房を立ち上げてますしね。厳しくても止《や》めるつもりもないのでしょう？」

「もちろん！　むしろ新たな市場を作っていく勢いで！」

ティスカは拳を握り強く宣言。リセは困ったように息を吐く。

「ですよね。やろうと思えば、高等学校に入学できなかった人に直接アプローチもできるでしょうが……チラシぐらいから始めるのが良いんじゃないですか？　魔導書が必要な人なら、文字が読めないってことはないでしょうし、篩《ふる》い分けにもなります」

入試に失敗、もしくは進学自体を諦めたところに、唐突に訪れる魔導書工房の人間。その怪しさを考え、リセが出したのは目新しさに欠ける意見ではあったが、エルネとテイスカにも良い案があるわけでもなく、三人はその方向で話を進めていく。

「チラシには何を書こうか？　工房の理念や名前、場所は当然として、来たくなる宣伝文句……やっぱ定番は割引？　開業記念で魔導書の制作料が一割引とかどうかな？」

「あたしは良いと思うよ？　でも、お得感を強調するなら五割とか。どうせ正価なんてあってないようなものですし、元値をちょっとふっかけて」

「であれば、先着何名様も追加するべきです。どうせ何人目かなんて、判《わか》りませんし」

「ダ、ダメ！　そんなの、ダメだよ！」

黒いことを言い始めたエルネとリセの間に割り込むようにして、ティスカが両手を振れば、エルネとリセは顔を見合わせて、ふふっと笑い、声を揃《そろ》える。

「「冗談だよ（です）」」

虚を衝《つ》かれたように目を丸くしたティスカは、二人に『めっ！』と指を突き付ける。

「もう！　二人とも、変なところで息を合わさない！　でも案は良いと思う。最初は利益がなくても宣伝にはなるし。ただし、正直に、ね！」

「うん、やっぱティスカ姉だよね。……あたしの案は無料相談かな？　魔法について習うのって中等学校でしょ？　魔法や魔導書をよく理解してない人って多いから、作る、作らないは別にして、相談だけでも受け付けますって書いたら、人が来るかも」

「うん、うん。普通の人って漠然としか魔法を知らないよね」

数年間勉強しても火種が不要になる程度、凄《すご》い魔法が使えるのは選ばれた人だけ。

そんな平民の一般的認識が『数年勉強すれば、魔法で二倍の仕事ができる』に変われば
どうだろうか？　頑張って勉強してみようと考える人は、決して少なくないだろう。

「無料相談、ありだね！　上手《うま》く唆《そそのか》さないと‼」

「ティスカさんの言い方も人聞きが悪いです。上品に」

リセは親指をグッと突き出したティスカの手を取り、指をそっと収めさせて続ける。

「私としては、設備の充実さを推していくべきかと。多少古いですが、ここは以前の職場
以上に良い物がありますから。特にあれとか、個人で持つ物じゃないですよ？」

リセが指さしたのは、開業作業中にエルネが落としかけた高価な道具。

それは魔法使いの素質を大まかに測ることができるもので、高等学校にも設置されてい
たが、普通は簡単に買える物でも、気軽に使える物でも決してない。

「素質の測定かぁ。でもリセ、個人じゃないからね？　魔導書工房だからね？」

「些細《ささい》な違いです。扱うのは難しいですが、ティスカさんなら問題ないですね」

工房だから高い道具があるのは当然と主張するティスカを、リセはさらりと流した。

「些細じゃないのに。ペリアプト魔導書工房、大復活なのに」

「まず仕事を一つでも取ってから言ってください」

「ぐぅ」

とても正論に叩《たた》かれて、ティスカが沈黙すれば、エルネが苦笑して口を開く。

「でも無料となると、平民でも一度受けてみたいって人は、多いかもしれないよね」

お金さえ払えば素質の測定は受けられるため、貴族であれば子供のうちに調べるのは半ば常識であったし、その結果によって教育方針を変えることも、また常識だった。

だがその金額は平民には大きな負担であり、仮に素質があっても魔法以外の部分が足りなければ、高等学校を卒業できず、魔法も実用レベルにはならない。

故に大金を払ってまで、魔法の素質を測定しようとする平民は、ほとんどいない。

「けど、それで来る人って、現時点で魔法が使えない人になるよね?」

「だよね。中等学校卒業レベルじゃないと、お客さんにはならないだろうし?」

小首を傾けるエルネにティスカも頷《うなず》き、リセに問うような視線を向ける。

「その時点ではそうですが、宣伝になりますし、数年後の見込み客にはなります。中等学校卒業で実用的な魔法が使えるとなれば、進学する人も増えるかもしれません」

「おぉ、長期計画。明日の仕事もない我が工房が、そんな贅沢《ぜいたく》、良いのでしょうか?」

「構いません。どうせ消耗するのは、ティスカさんの魔力だけですから」

「酷い!? あれ、一回使うだけでも結構疲れるのに!」

「知ってます。ですから、期間限定、且《か》つ一日に先着三名までとか、制限を付けておくべきでしょうね。それに、あまりやっていると睨《にら》まれると思いますし」

少し渋い顔になったリセを見て、ティスカもハッとしたようにコクコクと頷く。

「う、うん。それを商売にしている人もいるよね。敵に回すと、怖い人たちだよね？」

「基本は貴族相手の商売なので、それなりに人脈はあるでしょうね。もっとも、無料だからと貴族が来ることはないでしょうし、競合することはないと思いますが……」

それでも同じ商品を無料で提供されると、面白いわけがない。

加えて目的が宣伝なのだから、無理して無料診断を続ける必要もないわけで。

「うん、当然、期間限定だね。ただし、魔導書を作る場合は、引き続き無料で――」

「文言はこんな感じで――」

「デザインは、ここをもうちょっと目立たせて、色を使って――」

などと意見を交わしつつ、三人はチラシを作成。

それぞれの心当たりを手分けして回り、チラシを置かせてもらうのだった。

チラシに反応があったのは、二日後のことだった。

その日の朝、ティスカとエルネしかいない工房に響いたのは、軽いノックの音。

「……今日って、リセは家の用事があるって言ってたよね？」

「うん。来ないはずだけど……。あ、お客さんかも！　は～い」

軽い足取りで扉を開けたエルネだったが、そこに立つ少女を見て首を捻《ひね》った。

年の頃は一〇歳前後か。長い黒髪を後ろに流し、薄紅梅の前合わせの服に、胸元まである菖蒲《しょうぶ》色の長いスカート。この辺りでは見かけることのない服だが、使われているのは明らかに上質な布で、長い袖に施された精緻な刺繍《ししゅう》からして、確実にお金持ち。

しかして、その手に持つのは、焼きたての良い《い》香りを漂わせるパンが入った袋である。

判断に迷い、暫《しば》し沈黙したエルネは、少し屈《かが》んで視線を合わせ、口を開く。

「えっと……迷子、かな？　お母さんは？」

「たわけ。迷子ではないわ。ちょっと懐《なつ》かしい名前を見付けたでの。入っても良いか？」

無邪気さの欠片《かけら》もない表情で、少女がピラリと見せるのは先日配布したばかりのチラシ。

エルネが迷うように背後を窺《うかが》えば、ティスカは驚いたように目を瞬《しばたた》かせて頷いた。

「どうぞ、お入りください」

「ふむ。邪魔するぞ」

少女はエルネの横を抜けて中に入ると、興味深そうに部屋を見回しながら、臆面もなくソファーに腰を下ろし、持っていたパンの袋をテーブルの上に置いた。

「ふむ。確かに魔導書工房じゃの。客はおらんようじゃが」

「はい、先日始めたばかりですから」

ティスカはそう答えてから少女をじっと見て、確認するように口を開く。

「もしかして、長命種《ちょうみょうしゅ》——ですか？」

「えっ⁉　長命種！」

エルネが目を丸くして言葉を漏らすが、少女の方は「ほぅ」と息を吐いて、軽く頷く。

「よく判ったの。確かに儂《わし》は長命種じゃ。今何歳かは……秘密じゃがな」

「魔力が違いますから。すれ違っただけなら気付けないかもしれませんが、懐かしいと口にされましたし、疑って見れば判ります。……今日はどのようなご用件で？」

長命種とは、一〇〇年よりも長く生きる種族全般を指す言葉である。

絶対的な数は少ないが妖精種や幻想種など、種族はいくつもあり、有名どころではエルフなどがそれに該当する。そのエルフはそこまでではないが、長命種の多くは人よりも大きな力を持ち、中には国すらも容易《たやす》く滅ぼす存在もいる。

それを知るティスカは、やや警戒したように尋ねたが、少女はからからと笑った。

「なに、先ほど言った通り、懐かしかったから寄ってみただけじゃよ。ペリアプト魔導書

工房——正確に言うなら、以前のペリアプト魔導書工房とは縁があっての」

「ティスカ姉、そうなの？」

「知らないよ!?　曽々《ひいひい》お祖父《じい》ちゃんからも、何も聞いてないし！」

やや困惑気味に尋ねたエルネに、ティスカはプルプルと首を振る。

「そうじゃろうな。儂が顔を出しておったのは、もっと前の話じゃし」

「もっと前……種族とお名前を伺っても？」

「種族は秘密じゃ。面倒くさいでの。名前は……そうじゃな、ツキと呼ぶが良い。口調も気にしなくて良いぞ？　むしろ同年代と思ってくれて良い」

「そう？　なら、お言葉に甘えさせてもらうね！」

「ティスカ姉!?　いくらなんでも、そんな……」

本人が『気にしなくて良い』と言ったとしても、相手は種族不明の長命種。

エルネは『あまり気安いのはどうか』と、若干の非難が混じる視線をティスカに向けたが、当の少女——ツキは本当に気にした様子もなく、パンの袋に手を伸ばす。

「良い、良い。その方が儂も気楽に話せるでの。おぬしも普通で良いぞ？」

その言葉通り、気軽な様子で袋から取り出したパンを食べ始めたツキ。

そんな彼女にエルネは戸惑いの視線を向けつつ、少し迷いながらも首を振った。

「い、いえ、あたしは……このままで。――リセ先輩もいますし」

リセに丁寧語を使う以上、より目上のツキに口調を崩すのは難しい。固辞するエルネに、ツキは気にした様子もなく「好きにすれば良い」と頷き、パンをゆっくりと味わう。

「久しぶりに食べたが、味は落ちておらんな。いや、むしろ上がったかもしれん。パン屋を始めると聞いた時は、どうなるものかと心配したもんじゃが……」

「あ、それは私が考えた新作！　焼くためにそのパン専用の呪文《スペル》も作ってね！」

「ほぅ、そこまで手間を掛けて。なかなか美味《うま》いの。じゃが、ちょいと喉に詰まるのぉ」

「エルネ、ツキさんにちょっと良いお茶、お出しして～」

露骨なお茶の催促にも、褒められて良い気分になったティスカは、即座に応える。

工房のトップを任せるには心配になるチョロさである。

「普通に来客用の物しかありませんが、どうぞ」

少し苦笑しつつも、素直にエルネが提供したお茶をツキは一口飲むと、袋に残ったパンを見て、「ふぅ」と感慨深げに息を吐く。

「パンを焼くのに魔法を使うか。面白いことを考えるの。これも時代の流れかのぅ」

「あれ？　それは始めた頃からのはずだけど……知らなかったの？」

「つまりは、一〇〇年足らずということじゃろ？　おぬしも面白いことを始めるようじゃし、儂としては近年の注目株じゃ。楽しみじゃな」

その言葉通り、ツキは楽しそうに「くくっ」と笑うが、ティスカとエルネは顔を見合わせ、互いの顔に同じ戸惑いを見る。

「「(時間感覚が違う……)」」

声にこそ出さなかったが、ツキは一体何歳なのかとの疑問が二人の頭を過《よぎ》る。

しかし、年齢は秘密と言われているわけで。エルネは少し考えて尋ねた。

「あの、ツキさんが知っている頃の、この工房はどんな様子だったんですか？ ティスカ姉のご先祖様の話とか……」

「賑《にぎ》わっとったぞ。ペリアプトの工房主は代々有能での。あの頃は職人も多かったし、必要な素材の加工、紙の製造、皮革の処理まで自前で行っておった。一冊、一冊にこだわりを詰め込んで、これだけの道具を十分に活用するほどに、な」

ツキは懐かしそうに工房の道具を見回してから、二人に視線を移して目を細めた。

「ところで、おぬしら。なんだか興味深い状態になっておるの？ 何をした？」

「……興味深い状態、とはなんですか？」

事故のことは関係者であれば知っている程度の情報ではあるが、学校の醜聞でもあり、あまり広がっている話ではない。

それ故、エルネは警戒するようにツキを見るが、ツキはそれを無視してエルネの全身を舐《な》めるように観察、更にティスカの顔をじっと見て、言葉を続けた。

「エルネ、おぬしは魔法が使いにくい状態になっておろう？　ティスカの方は、魂魄《アストラル》がちょいと傷ついとるの。まぁ、安静にしとれば、そのうち治る程度のもんじゃが」

今日会ったばかりのツキに自分たちの状態を言い当てられ、二人は揃《そろ》って目を丸くして唖然《あぜん》としたが、先に我にかえり、身を乗り出したのはエルネだった。

「魂魄《アストラル》、って何ですか!?　そのうちってどのぐらいですか？」

「うん？　最近は魂魄《アストラル》と言わんのか？　肉体《フィジカル》に対する魂魄《アストラル》なんじゃが……簡単に言えば魔法を使う機能、かの？　無理をするとたまに傷つく。そして治る。対応するものじゃから、時には肉体にも影響を及ぼす。あやつの瞳や髪のようにな」

「やっぱり、ティスカ姉の髪は……。治るまでどのくらい――！」

ツキは伸《の》し掛かるように迫ってくるエルネを押し返し、少し考える。

「急《せ》くな。人それぞれじゃが……普通なら二、三〇年ほどじゃろう」

「二、三〇年……」

想像よりも長かったその期間に、エルネは呆然《ぼうぜん》と呟《つぶや》いてソファーに腰を落としたが、それに替わりツキに迫ったのは、ティスカだった。

「そんなことより！　ツキさん、今、『使いにくい状態』って言ったよね！　それってつまり、使えないわけじゃないということだよね⁉」

エルネの状態を知って以降、ティスカはそれを何とかする方法を探し求めていた。

寝込んでいた間は、手持ちの資料をベッドに持ち込んで隅から隅まで目を通し、歩けるようになってからは学校の図書館に籠もった。

だが見つかったのは、魔法を使えなくなったという僅かな事例のみ。

そこから回復したという話は全くなく、治療の手掛かりすら掴《つか》めていなかった。

そんな状況でツキの言葉を聞けば、ティスカの行動もある意味必然。エルネよりもぐいぐい来るティスカの顔を、ツキは迷惑そうに両手で押しつつ、ため息をつく。

「今度はおぬしか。そうよなぁ……、人間、頑張れば案外なんとかなるもんじゃぞ？」

「そんな曖昧な！　もっと具体的に！　具体的に！」

急かすように手を伸ばすティスカを払いのけ、ツキはニヤリと笑う。

「ティスカ、覚えておくがよい。学校では頼めば教えてもらえたかもしれんが、本来、魔法の知識とは徒《あだ》や疎《おろそ》かに開示されるものではない。おぬしとて、そうではないか？」

「うぐぐっ、確かに……！」

学校で習ったことぐらいならまだしも、数年来、ティスカが取り組んでいる魔導書の解析、その結果をタダで教えろと言われても、簡単には同意できない。

悔しげな表情で唸《うな》りつつも、納得するしかないとティスカは頷《うなず》く。

「古い考え方かもしれんが、当然それには理由がある。過ぎた知識は身を滅ぼしかねん」

「これまた、確かに！」

過ぎた魔法を使って留年を経験したティスカは、再び深く頷く。

「それを踏まえて、じゃ。おぬしはどんな対価を提示できる？」

「……あれ？　対価を払えば教えてくれるの？」

「うむ。これは危険では……そんなには、危険ではないからの」

途中で言い直したツキの言葉に、ティスカが不安そうに眉根を寄せる。

「……それなりには危険、なんだ？」

「考え方次第じゃな。失敗を経験したおぬしなら、大丈夫じゃろう」

「信用してくれてありがとう、と言えば良《い》いのかなぁ？　私は自分が信用できないけど」

魔法に関してはやや暴走がちであることを自認しているティスカは、本当に知って良いものかと悩みつつ、初めての手掛かりを手に入れるため、頭を捻《ひね》る。

「でも、対価、対価かぁ……。私、お金はあんまり持ってないし、提示できるのなんて、熟れたこの体ぐらいしか？」

「どこがじゃ！　儂《わし》が言うのもなんじゃが、まだまだ生熟れじゃ！」

「ティスカ姉、そんなのダメだよ！　ツキさん、それならあたしが――」

「おぬしはそれ以下じゃ！　つぅか、どっちもいらんわ！　魔法使いなら、魔法の知識とか、魔法関連の素材を提示せい！　まったく。まだこのパンの方が価値があるわ」

疲れたようにため息をつき、ツキは最後に残っていたパンを手に取って口に運ぶ。

「あ。なら、一定期間のパン食べ放題でどう？　さすがに子孫に迷惑はかけられないから、私が生きている間だけになるけど、焼きたてパンがいつでも食べられるよ？」

「……おぬし、本当にパンで知識を買うつもりか？」

ツキはやや呆《あき》れたように聞き返したが、ティスカは自信ありげに笑みを浮かべる。

「もちろん、他の物でも良いけど？　でも、私が提供できる程度の知識や素材なんて、きっとツキさんはいらないよね？　なら、パンの方が良いんじゃない？」

魔法の研究が趣味のティスカであるが、そのキャリアは一〇年にも満たない。長命種でエルネたちの状態を一目で把握できるほどのツキからすれば、どれほど価値があるか。

「ふむ……。まぁ、良いじゃろ」

ティスカが言外にそう言えば、ツキは少し考えて頷いた。

「じゃ、早速――」

「たわけ！　知識は安うない。対価が先じゃ！」

教えてと差し出した手をツキにパシンと叩《はた》かれ、ティスカは不満げに口を尖《とが》らせる。

「……それって、私が死んだ後ってことにならない？」

「儂はそこまで性格悪うないぞ？　誠実に履行するなら教えてやるわい。……そうじゃの、おぬしが回復するまでにはな」

「それって、二、三〇年とか言っていた!?」

「普通ならの。おぬしならどれほどか。早く教えて欲しければ、早く回復するんじゃな」

「ちなみに、早く回復する方法は？」

「ふむ。パン以外に何が出る？」

「………………むぅ」

ティスカから恨みがましい目を向けられ、ツキは肩をすくめる。

「冗談じゃや。じゃが、そんなに都合の良いものはない――わけでもないが、簡単に手に入るものではない。おぬしの回復力次第じゃよ。無理はせん方が良い」

「でも、その魂魄《アストラル》が回復すれば、ティスカ姉の髪と瞳が戻る可能性はある？」

「あるの。……儂としては、それはそれで良いと思うが」

「うん。私も。別に気にしてないし」

ティスカが気にしているのは、エルネが魔法を使えるようになる方法。

それを教えてもらえるのであれば、自身の魂魄《アストラル》の回復は二の次である。

だがエルネからすれば、ティスカの外見の変化は、自身が彼女を傷付けてしまった証《あかし》でもあり、それが治らないというのは、なかなかに受け入れがたいことであった。

「ダメだよ、ティスカ姉。ちゃんと治さないと。それにあたし、ティスカ姉の綺麗《きれい》な髪、好きだったんだから」

「えー、今の髪、綺麗じゃない？」

「綺麗だけど。綺麗だけど！　でも、それとこれとは別なの‼」

さらりと髪を揺らすティスカに、エルネは両手をブンブンと上下に振って抗議。ティスカは朗らかに笑ったが、それを見せられたツキは、呆れたようにため息をついた。

「イチャつくのは、儂が帰ってからにしてくれんかのぅ」

「べ、別にあたしたち、イチャついてなんて……」

「儂からすれば、イチャついとるようにしか見えんわい。中《あ》てられては堪《たま》らんし、早々に退散するかの。気が向いたら、またパンを食べに来るわい」

パンが入っていた袋をくしゃりと丸めると、ツキはよいせと立ち上がる。

「え、ちょっと待って。ツキさん、連絡先とかは……」

「心配せんでも、儂は約束を違《たが》えたりはせんよ。――それこそ、おぬしが生まれ変わるほどの時が経《た》ってもな」

引き留めようとしたティスカに、何やら意味ありげなことを言うツキ。

そして背中を向けると、軽く手を振って工房を後にした――のだが。

その日以降、ツキはほぼ日を置かず工房を訪れて、タダパンを食べた。

そして、気が向けば数時間ほどソファーでゴロゴロ。何をするでもなく帰って行く。

その傍若無人さにリセは目を丸くしたが、話を聞いて『ティスカさんが良いのなら』と納得。むしろ、自分も気兼ねする必要がなくなったと内心喜び、彼女も工房に入り浸る。

――本当の意味でお客が訪れたのは、そんな二人が工房に馴染《なじ》んでしまった頃だった。

Episode2 Calm and Matter

第二章
安閑と案件

The Atelier of
Tailor-made Grimoires
Episode2
Calm and Matter

その日もリセは、特に用事はなく、朝から工房を訪れていた。

現在無職の彼女、家にいると親が社交界に引っ張り出そうとするし、下手をすればそのままお見合いなんて話にもなりかねない。尊敬できる親であるし、リセも貴族としての付き合いが重要なことは理解しているのだが、それは時々にして欲しいところ。

故に友人の手伝いを名目に家を出て、夕方まで工房でのんびりしているリセである。

「それで、ティスカさん。チラシの成果はどうです？　私がいるときには、お客さん、見かけたことがありませんが」

まるで自宅にでもいるかのように、自分でお茶を淹《い》れて飲んでいるリセに尋ねられ、ティスカはリセにジト目を向けた。

「……ねぇ、リセ？　三日に二日は来ているよね？　判《わか》ってて訊《き》いてるよね？」

「いえ、万が一の可能性として。私がいない日に来て、手早く作ってしまったとか――」

「あり得ないから！　魔導書作りって、そんなに簡単じゃないから！」

「知ってます。ですが、ティスカさんならもしかして、と」

「リセは私にどんな期待をしているの⁉」

「……常に私の想像を超えるような？」

少し沈黙したリセから返ってきた答えに、ティスカが目を剝《む》く。

「だって、ティスカさんは私のライバルですから」

高等学校時代、常に負けていたリセとしては、勝ちたいという思いも当然あるのだが、ライバルだからそれに相応《ふさわ》しい存在でいて欲しい。そんな複雑な心境が入り混じった答えだったが、それを求められる方としては堪ったものではない。

「ははは……ティスカ姉、頑張って」

学生会長でもあったリセの優等生振りは、エルネたち下級生にも轟《とどろ》くほどであった。

そんなリセに期待されるティスカを気の毒に思いつつ、自分でなくて良かったとエルネが胸を撫《な》で下ろしたその時、やや力強いノックの音が工房に響いた。

「あれ、ツキさんかな？　今日はちょっと早いね。はーい！」

朝一でやって来るリセに対し、ツキが来るのはお昼前。エルネはすぐに立ち上がり、何気なく扉を開けたが、普段ツキの顔がある位置にあったのは、太く鍛えられた脚。

ぎょっとして視線を上に向ければ、そこに立っていたのは三〇絡《がら》みの女だった。

短めの髪に日に焼けた肌、筋肉質でメリハリのあるプロポーション。

どこか威圧するような雰囲気も漂わせていて、エルネは戸惑ったように一歩下がるが、戸惑っていたのは女の方も同じだった。

「凄《すご》い無茶振り⁉」

十日《とおか》ほど前、友人から『お前って、中等学校を卒業してたよな？　これやるよ』と、手渡されたチラシに書かれていたのは、荒唐無稽な宣伝文句。

【これまで魔法を使うのを諦めていたあなたに！】

【中等学校卒業レベルでも使える魔導書、作ります！】

それを一笑に付して捨てようとしたが捨てられず、新手の詐欺かと疑って読み返し、何日も迷い、『詐欺だったらぶっ飛ばしてやる』との気概で訪れた魔導書工房。

てっきり出てくるのは、それっぽい老爺《ろうや》、もしくは老婆、あるいは気難しげな年上の男であろうと身構えていたのに、扉を開けたのはまだ若い少女である。

そして、部屋の奥には更に若く見える二人の少女。ざっと見回しても他に人はおらず、部屋に置かれた用途不明の道具だけが、工房らしさを醸《かも》し出している。

「……ここは、魔導書工房で間違いない、よな？」

「あ、はい！　いらっしゃいませ？　お客さん、ですよね？」

「あぁ、そのつもりだが……このチラシに間違いはないよな？」

『中等学校卒業レベルでも』の辺りを指さしながら言う女に、エルネはコクコクと頷《うなず》く。

「は、はい、もちろんです。どうぞ！」

そう言って、ソファーを勧めようとするエルネを制するように、女は手を突き出す。

「時間の無駄は嫌いだ。おれは僅かな風を起こす魔法すら使えない落ちこぼれだ。文句を言うつもりはない。対象外なら最初に言ってくれ」

ぶっきらぼうに告げられた言葉に、エルネは困ったようにティスカと女の間で視線を彷徨《さまよ》わせたが、ティスカは安心させるように穏やかに微笑《ほほえ》んだ。

「問題ありません。むしろ、あなたのような人を待っていました。お掛けください」

「……おぅ」

まだ怪しんではいたが、相手は自分よりも一回りは若い少女たち。

取りあえず話ぐらいは聞いてみようと、女はソファーに腰を下ろした。

「よく来てくれました。私が工房長のティスカです。あなたを出迎えたのが副工房長のエルネ、あちらはアドバイザーのリセです」

軽く頭を下げたティスカに二人も倣《なら》いつつ、リセはティスカに囁《ささや》く。

「(私、アドバイザーだったんですか?)」

「(もちろん、今考えた)」

チラシ作りを手伝ったリセではあるが、現状はただの部外者。

だが、そのまま紹介するわけにもいかず、咄嗟《とっさ》に付けた役職であった。

「まずは、お名前をお伺いしても?」

「……クリスティだ」

腕組みをして目礼するクリスティに、ティスカは軽く頷き、言葉を続ける。

「今日は魔法に関する素質の無料診断、もしくは相談ということでよろしいですか？」

「そう、だな。診断も気になるが、そもそもおれなんかが、魔法を使えるようになるものなのか？　さっき言った通り、僅かな魔法も発動できないんだぞ？」

「ご安心ください。まずはこちらを」

そう言ったティスカから手渡された物を見て、クリスティは訝《いぶか》しげに眉を顰《ひそ》めた。

「ん？　なんだこりゃ。本の表紙か？」

「いえ、サンプルとして私が作った魔導書です。本文は一ページしかありませんが」

お客が来ない日々を、ティスカも遊んで過ごしていたわけではない。

パン焼きのための呪文《スペル》を作ったり、魔導書の解析をしたり、リセやエルネ、時にはツキと魔法談義を楽しんだりはしていたが、きちんと仕事のことも考えていた。

その成果がこの魔導書。厚みは一センチにも満たず、一見すると表紙しかないようにも見えるが、その中には一枚だけ紙が綴《と》じ込まれていた。

クリスティも本を開いてそれを確認したが、その眉間には再び深い皺《しわ》が刻まれる。

「……何が書いてあるんだ、これ？　魔法の呪文《スペル》って、もっとこう……理路整然としたヤツだよな？　おれが頭ん中で構築するヤツでも、もうちょっとマシだぜ？」

「それは明かりを灯《とも》す魔法の呪文《スペル》です。取りあえずは何も考えず、それに魔力を通して魔法を使ってみてください。無理に理解しようとしなくて構いませんから」

「はぁ？　そんなんで魔法が使えるわけ――使えたよ」

半信半疑で魔力を流した次の瞬間、彼女の前にぼんやりと光る球が浮かんでいた。

「え、これ、おれが？　お前――ティスカだったよな？　こっそり魔法、使ってねぇ？」

実際に目にしても信じられないのか、光球とティスカの顔の間で視線を行ったり来たりさせるが、ティスカは苦笑して首を振る。

「まさか。間違いなく、クリスティさんが使った魔法ですよ」

などと、平然と応えたティスカであるが、内心はドキドキだった。

魔法が苦手な人向けの魔導書を作ってみたものの、彼女の周りにいるのは両親を含め、それなり以上に魔法が使える人たち。本当に使えるかは、試せていなかったのだ。

理論が正しくても全て成功するとは限らない。それだけにクリスティが来てくれたことは正に渡りに船で、成功という結果も含め、胸をなで下ろしていた。

「マジかぁ～。……え、つまり、これを売ってくれるってことか⁉」

実際に体験したことで嘘《うそ》ではないと実感し、クリスティは俄然《がぜん》身を乗り出す。

ある意味、ティスカの計画通りではあるのだが、ティスカはそんな彼女を落ち着かせるように、両手のひらを上下に動かす。

「まぁまぁ、落ち着いてください。その魔導書を売ることはできますが、それはクリスティさんの目的にマッチしますか？　明るさや持続時間も調整できないのに」

「そ、そうだなっ。そのへんは調整してぇし、攻撃魔法だって使ってみてぇし――あ、おれのことはクリスと呼んでくれ。クリスティなんて名前、おれに似合わないだろ？」

ティスカの指摘で自分が焦《あせ》っていたことに気付いたのだろう。

クリスティはソファーに座り直し、少し照れくさそうに付け加えた。

「そんなことはないと思いますが……承りました。――さて、クリスさん、魔導書に興味が出てきた、ということでよろしいですか？」

「あぁ！　おれでも魔法が使えるなら、是非作って欲しい‼　問題は金だが……」

「そのあたりは中身次第なので、後ほど相談しましょう」

「うん、道理だな。そうだよな、そちらが先決だよな」

「はい。まずは……クリスさんは魔法使いの四つの構成要素をご存じですか？　これによって、魔導書作りの方向性が変わってくるのですが」

「昔、学校で聞いたかもしれないが……すまない、教えてくれるか？」

むむむっ、と唸《うな》って考え、やがて首を振ったクリスティに、ティスカは笑顔で頷く。

「はい、大丈夫ですよ。魔力、構築力、発動力、制御力。この四つですね」

「……あぁ！　なんか聞いた覚えがある！　でも、よく理解できなかったんだよなぁ」

「では、判りやすいようにパン作りに喩《たと》えてみましょうか。まずは魔力。これは手持ちの粉の量に相当します。これがないとパンは作れません」

「うん、それは解《わか》る。魔力がないと魔法は使えないよな」

「次に構築力。これは作業台の広さでしょうか。捏《こ》ねて、千切って、成形して。狭いと作れるパンの大きさや複雑さに制限が掛かります」

「うんうん、魔法の肝だな。構築が下手だと、まともな魔法にならないから」

「ですね。最後に発動力。これはパン窯でしょうか。パンを成形しても、焼かないと食べられません。一度にいくつ焼けるか、どれほど大きなパンを入れられるか。これを認識しておくことは、魔法使いにとってかなり重要です」

「おぉ、ありがとう。なんか理解できた。——ん？　制御力はどこに行った？」

不思議そうに指摘したクリスティにティスカは頷き、言葉を続けた。

「制御力はパン作りの腕、他三つを上手《うま》く扱う技術になります。ちょっと別枠ですね」

「粉や作業台、パン窯だけあっても、美味《うま》いパンは作れない。そういうことか」

「はい。練習して腕を磨く必要があります。素質の影響が大きい他三つに比べると、頑張って鍛える必要がある、逆に言うと、鍛えやすいとも言えます」

先ほどの魔導書でクリスティが魔法を使えたのも、中等学校で訓練していたから。

魔導書を軽く試すだけでも訓練が必要で、実用的な結果が出るとは限らない。

これが魔法を使う人が少ない理由の一つであり、余裕がある人でなければ手を出しづらい理由でもある。そして、それを変えていくことがティスカの目的である。

「それでは、クリスさんの四つの要素を診断してみましょうか」

「えっと……本当に良《い》いのか？　普通、診断してもらうには、高い金を取られるよな？」

最初にチラシの内容を確認したクリスティであるが、改めて不安になったのだろう。

心配そうに再度確認するが、ティスカは当然と頷く。

「大丈夫です。開業記念の無料診断ですから。エルネ、診断機を持ってきて」

「わ、解った！　……リセ先輩、手伝ってください」

「はいはい。それでは、いきますよ？」

診断機の大きさは一抱えほどで、重量的には一人でも持てるのだが、問題となるのはその価格である。困ったように助けを求めたエルネに苦笑しつつ、リセはすぐに手を貸して診断機をテーブルに載せると、箱状の丈夫な金属製の蓋を取り除いた。

「これが魔法の素質を診断する道具か。初めて見た……」

それは分厚い板の上に、透明な積み木を配置したような形状だった。

中心には立方体、四隅には高さ三〇センチほどの円柱があり、半球状の物体がティスカの側に一つ、クリスティの側に二つ設置されている。

「ではクリスさん、そちらの丸い部分に両手を置いてください」

「お、おぅ……。なんか緊張するな」

クリスティが恐る恐る手を載せ、ティスカも自分の方に手を置くと、中心の立方体がぼんやりと光を放ち、四隅の円柱にも赤、青、緑、黄色の光が灯る。

「大丈夫ですよ。それでは、私の言う通りにやってみてくださいね」

「わ、解った！」

少し表情を強張《こわば》らせつつ、ティスカの指示に従うクリスティ。

診断に掛かった時間は正味、一五分にも満たないほどだったのだが――

「だはぁぁ。つ、疲れた……。診断って、結構大変なんだな」

ティスカが『良いですよ』と言った瞬間、クリスティはソファーに体を埋《うず》めた。

「普段やらないことですし、慣れないとそうかもしれませんね。えっと……クリスさんは魔力や構築力は平均的、発動力が低め、制御力は少し高めですね」

ティスカはクリスティに頷《うなず》きつつ、下の部分が少しだけ赤や青に染まった円柱を指さして診断を下したが、クリスティは胡乱《うろん》げにそれを見る。

「確かに制御力はちょっと高いが……やっぱり低くねぇ？　これで平均？」

少し高い制御力でさえ、三〇センチはある円柱に対して、下から二センチ足らず。

他の二つは一センチほどで、発動力などかなりの薄々である。

これで平均と言われても信じがたく、クリスティは確認するようにリセとエルネにも視線を向けるが、二人が頷くのを見て、微妙な表情で唸った。

「う～ん、そうなのか。それで、これぐらいでも魔法は使えるんだよな？」

「はい、もちろん。さてクリスさん、問題です。作業台もパン窯も小さくて、パンを作る腕もない。そういう場合、どうすれば美味《おい》しいパンを焼けると思いますか？」

「いや、諦めるしかねぇだろ？」

クリスティは即答したが、ティスカはニコリと笑って首を振る。

「正解は、あとは焼くだけの、成形済みのパンを持ってくれば良いんです」

「それはズルくねぇ!?」

「ええ、ズルをするのが魔導書の役割です。魔法の使用は、構築、魔力の注入、発動の三つに分かれるのはご存じですよね？　その構築の部分を助けるのが魔導書なんです」

呪文《スペル》を正確に、小さく構築できれば魔力の消費は抑えられ、発動も容易となる。

だがそれは簡単なことではなく、自分でやるつもりなら、構築に時間を掛けるか、訓練を重ねて実力を上げるか。どちらにしろ、一朝一夕でできることではない。

「でも、自分で構築せず、専門家の作った呪文《スペル》をそのまま利用すれば？」

「それがあの魔導書か。でもあれに載ってた呪文《スペル》、滅茶苦茶《めちゃくちゃ》だったぞ？　おれには全然理解できなかったし、整っても見えなかった。――発動はしたけど」

口元を曲げて困惑顔のクリスティに同調するように、リセとエルネが深く頷く。

「解ります。じっくりと読めば確かに間違ってないのですが、あそこまで精緻に詰め込んだ呪文《スペル》を書けるティスカさんは、凄《すご》いと言うか、異常と言うか……」

「そのまま使うなら理解しなくても良いので、合理的ではあるんですけど……」

「あぁ、やっぱ変なのか。解りやすく書けないのか？」

「書けますよ？　でもそうすると、呪文《スペル》が長くなりますから。必要魔力も増え、発動が難しくなります。そして商売的に見れば、ページ数が増えて値段が上がります」

「な、なるほど、それは重要だな。うん」

クリスティのような人が魔法を使えるのも、ティスカの技術があってこそ。

一般的な呪文《スペル》を書くのであれば、ペリアプト魔導書工房は必要ない。

「もっとも調整はしますけどね。明かりの魔法であれば、明るさだけ変更可能にするとか。そこはお客様の能力、ご予算との相談です。使う素材や作り——表紙や本文用紙、インクなどで使いやすさ、耐久性が変わってきますから」

「道理だな。ち、ちなみにだが、一つの魔導書でいくつかの魔法が使えるんだよな？　おれの能力で、現実的な予算で、どれぐらいならできそうだ？」

クリスティは両手の指をモゾモゾと絡《から》ませながら、少し恥ずかしそうに、そして窺《うかが》うように尋ねたが、ティスカは少し困ったように腕を組んだ。

「う〜ん、一概には。どんな魔法か、どれぐらい柔軟性を持たせるかで——」

「そ、そうだなっ！　えっと、やっぱ明かりは欲しいな！　野営をするときには便利だからな。それから攻撃魔法！　これのために中等学校に行ったと言っても過言じゃねぇし。矢も怖いから、それを防げるような魔法も良いよな。できれば敵を先に見付けたいから、そんなことができる魔法とか——」

クリスティが中等学校に進学したのは、魔法を使いたかったからである。

だが、努力しても一向に成果は出ず、そのまま卒業。それでも諦めきれなかった憧れが溢《あふ》れたのか、立て板に水でまくし立てる彼女を、ティスカが慌てて制する。

「待って、待ってください。そんなに言われても対応できませんから。えっと、まずお仕事は何をされているんですか？　それによって、考えるべきだと思いますし」

ハッとしたように言葉を止めたクリスティは、照れくさそうに頭を掻《か》いた。

「ぁ、あぁ、すまない。先走ってしまったな。おれは商隊の護衛や、害獣の処理などを仕事にしている傭兵《ようへい》だ。いろんな魔法に興味があるんだが、まずは仕事に役立つ魔法を頼みたい。それで仕事の幅が広がれば、別の魔導書も頼めるかもしれねぇし」

「では、その方向性で詳細を決めていきましょう。ご要望にはできるだけお応えしたいですが、魔導書が厚くなると、高くなる上に扱いも難しくなるので……」

魔法が一つのみの魔導書なら、迷うことはない。だが複数の魔法が載っていれば、そのうちの一つを選んで魔法を構築する必要があり、それはページ数に応じて困難になる。

目的のページを事前に開いておく方法や、詠唱をトリガーとする方法もあるのだが、それにしても初心者が簡単にできるというわけでもない。

「そうですね、参考までに……リセ、そこの標準教本《リファレンス》を取って」

「標準教本《リファレンス》をですか？　えっと……はい、どうぞ」

リセが壁際《かべぎわ》の本棚から取り出したその本は、ティスカの作ったサンプルの魔導書よりも二回りは大きく、厚みは比べるべくもない一〇センチ超え。

表紙もかなり立派で、人間ぐらいなら簡単に撲殺できそうな重厚感を持っている。

「クリスさんはこの本の一ページを選んで、即座に魔力を流すことができますか？」

「いや、そんなん、絶対無理だろ。……できるのか？」

「これでも専門家ですからね。──この魔導書はやや極端ですけど」

視界の端で苦笑しているリセとエルネを見て、ティスカは言葉を付け加える。

中身もそうだが、厚さも特殊。さすがにこんな魔導書、常用するには重すぎるし、扱いにくすぎる。魔導書の一般的な厚さは、これの半分から三分の一である。

「使えねぇんじゃ意味ねぇな。でも、あの滅茶苦茶な呪文《スペル》なら薄くできんだよな？」

「めちゃ──は、はい、そうですね。そのまま使うのであれば」

ティスカ的には色々と技巧を凝らして、頑張って書き上げた呪文《スペル》。それを滅茶苦茶扱いされて表情が微妙に引き攣《つ》るが、そんなティスカを見てリセが苦笑し、口を挟んだ。

「ティスカさん。いっそ、一切調整できないようにしたらどうですか？　今のクリスさんには呪文《スペル》を理解して修正、構築、発動させるのは難しいと思います」

喩えるならば空欄のある呪文《スペル》に、希望の値を入れて完成させるようなもの。

言葉にすれば簡単だが、実際の魔法の構築はそんなに単純なものではなく、理解が足りなければ構築に失敗するし、折角作った魔導書も無用の長物と化すことになる。

「それは……でも、固定化された魔法って、使いづらいよね？」

「使い方次第じゃないですか？　例えば明かりの魔法なら……手に持った棒の先が、ランタンと同程度の明るさで一時間だけ光る、という魔法にするとか。どうですか？」

「あぁ、それなら十分に使える。魔法を失敗することを考えれば、そちらの方が安心かもしれない。時間が来れば再度使えば良いわけだしな」

　クリスティは少し悩みながらも頷く。明るさや持続時間、発動場所などを自在に設定できれば活用の幅は広がるだろうが、それもきちんと使えてこそ。

　それなりに人生経験があり、挫折も知る彼女は、賢明さも兼ね備えていた。

「運用方法を工夫するのかぁ。確かに、魔法だけで対応する必要はないよね」

　ティスカは目から鱗《うろこ》と、うんうんと頷き、エルネの方に視線を向けた。

「その方向で行くと……エルネは何か、考えつく？」

「えっと……攻撃魔法は『石弾《ストーン・バレット》』が良いと思う。火や風を使う魔法って、全部魔法で生み出すでしょ？　『石弾《ストーン・バレット》』も普通は魔法で石を生み出すけど、事前に拾っておくこともできる。これってかなり節約になると思うんだけど、どうかな？」

「おぉ、確かに！　魔法と考えると、ちょっとかっこ悪《わり》ぃけど……」

「でも、クリスさんの魔力量で普通の『石弾《ストーン・バレット》』を使うと、一発か二発で打ち止めになるんですよね。かっこ悪さはあんまり気にしなくて良いかと？」

「世知辛い現実だな⁉　いや、一発しか撃てない魔法とか、かっこ悪《わり》ぃけどさ！」

「ですがティスカさん、打ち出す威力を固定してしまえば、もう少し節約が――」

「リセ、それよりも魔力量の方を――」

そんな風に四人で検討を重ね、クリスティの素質と技術、そして予算と相談。

最終的に決まった魔導書の仕様は……。

「では、明かりと『石弾《ストーン・バレット》』、それに自分を矢から守る魔法の三つで良《い》いですね？」

「あぁ、問題ない。無理して増やして、使えねぇじゃ意味ないからな」

完成した魔導書は後から修正がきかず、最初から作り直すしかない。

無理をして魔法を増やしても扱えなければ元も子もなく、完全にお金の無駄になる。

「本文は羊皮紙をベースにバラトリスム液で二度処理した物、インクはイェスノロールとクロエティを半々で混ぜた物、表紙に使う革はラプラスムの革をメインに使います」

「うん。細かいのはよく解《わか》らねぇから、予算内で良くなるようしてくれ！」

クリスティは、専門的なことを言われても解らないと丸投げするが、そのあたりはティスカも理解しているし、信頼して任せてくれるなら言うことはない。

「はい、使いやすさが第一で、耐久性が第二ですね。承りました」

「それで、どれぐらいでできるんだ？　いつ取りに来れば良い？」

「そうですね、一般的な素材ですから、何事もなければ一〇日以内には完成します。ですので、それ以降で時間のあるときに取りに来ていただければ」

「つまり、一〇日後にはおれも魔法使いか！　フフフ……」

いつ来ても良いというティスカだが、クリスティに余裕をみるという選択肢はなく、かなり緩み崩れた顔で、嬉《うれ》しそうに笑い声を漏らす。

「やー、正直、半ば冷やかしのつもりで来たんだがなぁ。ホント、予想外だぜ！」

「そうだったんですか？」

「だって、一〇年以上ダメだったんだぜ？　今更、魔法が使えるとか思えない——いや、思わないようにしてたんだ。おれには無理なんだって。諦めるべきなんだって。けど、まさか、この年になって使えるようになるとはなぁ……」

クリスティはどこか遠い目で感慨深げに頷いていたが、気分を変えるように「ふぅ」と息を吐くと、ちらりとティスカに視線を向けてニヤリと笑う。

「ま、お財布的には、ちょーっとキツいけどな！　はっはっは！」

「すみません、これでも普通よりは……」

ふっかけるなどの冗談を言っていたティスカたちだが、料金の計算方法は大手魔導書工房に勤めていたリセの経験も参考に、業界標準よりも安くなるように決めていた。

それに加え、開業記念の割引も適用すると、ティスカたちの取り分があるかどうか。仕入れ原価の見積もりに失敗したり、試作などで無駄に消費したりすれば、赤字になりかねない金額だったりする。

「あぁ、いや、すまない。ただの軽口だ。実際、魔法を使えるようになれば仕事の幅は広がるし、報酬だって増える。すぐに元を取ってみせるさ！　――だが、さしあたっては明日の糧《かて》だな。これまでの貯蓄は吐き出すことになるからな！」

クリスティはそう言って軽く頭を下げると、ポンと膝を打って立ち上がる。

そして、「それじゃ、また来る」と出口へと向かったが、ふと足を止めて振り返った。

「ちょっと気になったんだが、普通の魔導書はどんな感じなんだ？　やっぱ、大量の呪文《スペル》が載ってるのか？　プロだとそんな魔導書も扱えるのか？」

「いえ、一般的に使われているのは、完成した呪文《スペル》ではなく、分割された呪律《サブ・スペル》が載っている魔導書ですね。例えば、水を生み出す、冷却する、尖《とが》った形に成形する、物を飛ばす。それらの呪律《サブ・スペル》を瞬時に組み合わせ、呪文《スペル》を構築して発動する。そんな感じです」

クリスティの問いに、一瞬キョトンとしたティスカは、両手の人差し指をくるくる回しながら、軽い感じでそんな説明をするが、クリスティは驚き、瞠目《どうもく》した。

「お、おう……なんか、難しそうだな？」

少し怯《ひる》んだように顎を引いたクリスティに、リセが更に解説を加える。

「組み合わせ次第で多様な魔法が使えますし、魔導書の厚みも抑えられて便利ですが、仰《おっしゃ》るとおり、扱いは難しいですね」

「やっぱ、おれには無理そうだなぁ。あんたたちはあの分厚いのとか、使うんだろ？」

クリスティは「はぁ……」と、感嘆と共に、諦めの感情も混じったような深い息を吐いたが、それを見たエルネとリセは、顔を見合わせて口を開いた。

「いえ、あれに載っているのは更に細かい物、呪律《サブ・スペル》を書くために使う呪片《チャーム》なんです」

「パンに喩《たと》えるなら、呪律《サブ・スペル》がパン生地や調理済みの具材、呪片《チャーム》は粉や水、塩、木の実などの素材というところですね。普通はあれを魔導書として使ったりしないんですが……ティスカ姉は使えるんですよね」

「……ん？　……つまり、なにか？　他の魔法使いが、有り物のパン生地と具材を組み合わせてパンを焼き上げる間に、ティスカは粉から捏《こ》ねてパンを焼き上げられる、と？」

「簡単に言えばそうです。この人、ちょっと変態ですから」

「変態!?　リセは酷《ひど》いなぁ、もぅ。ね、エルネ？」

不満そうにぶぅと口を尖らせ、ティスカがエルネに同意を求めるが——

「ゴメン、ティスカ姉。どっちかと言えば、あたしも同じ感想」

「そんな――っ!?」

妹とでも言うべきエルネにあっさり裏切られ、絶句するティスカ。

だが、彼女のやっていることを喩えるなら、数百ページある辞書の中から、目的の単語があるページを一度の間違いもなく何十回と開き、文章を作るようなもの。

リセからすれば、そんな曲芸のようなことをするなら、むしろ魔導書を使わない方が楽なんじゃないかと思うのだが、それを『なんとなくできるから』で熟《こな》してしまうのがティスカである。変態と言われてしまうのも仕方ないだろう。

「ふーむ、ティスカは変態魔法使いだったのか」

「違いますよ!?　しっかり仕事はできますから！」

キャンセルされては堪《たま》らないと、慌てて否定するティスカ。

そんな彼女を見て、クリスティは「ふふっ」と笑う。

「冗談だ。凄《すご》い魔法使いなら、むしろ安心だ。おれの魔導書作り、よろしく頼むぞ？」

「――っ！　ええ、任せてください！」

さて、初めての客であるクリスティを送り出したティスカたちだったが、タイミングとはあるもので、二人目の客が訪れたのは、その日の午後のことだった。

今度の客は筋肉質で高身長、体格も良く、外見は二〇代後半ぐらい。人の好《よ》さそうな男性だったが、彼を見たティスカは、不思議そうに首を捻《ひね》った。

「あれ？　ザインさん、どうしました？　倉庫は向かいの部屋ですよ？」

「やあ、ティスカちゃん、今日はティスカちゃんに用事があってね。遅ればせながら、まずは卒業おめでとう。こんな物で悪いけど、これ、卒業祝いと開業祝い」

「わぁ、真っ赤で美味《おい》しそうなペルミですね！　ありがとうございます」

綺麗《きれい》に色づいた果実が盛られた籠をザインから受け取り、ティスカは嬉しそうな笑みを浮かべるが、それを見ていたリセとエルネは、内心穏やかではなかった。

二人の知る限り、これまでティスカに男の影はなかった。

可愛《かわい》くて明るく、人当たりも良い彼女に関心を寄せる人は多かったが、当人の興味が魔法に偏っていたため、浮いた話は全くなかった——自分たちと同様に。

だが、そこに現れたティスカと親しげな男性。

穏やかそうで健康的。年は少し離れているが、あり得ない年の差でもない。

彼女たちの年齢で、その関係性が気にならないはずもなく——押し付け合うように視線を交わし合い、最終的に問い質《ただ》したのはリセの方だった。

「……ティスカさん、そちらの方は？」

「麦を卸してくれているザインさんだよ。うちのパンは素材から拘《こだわ》ってるからね！」

「ここと曽祖父《ひいじい》さんの頃からの付き合いでね。とても良い取引先なんだ」

「ザインさんの麦が良いからですよ。質が悪ければそれまで。いつも助かっています」

「安定して買ってくれるから、手間を掛けられるんだ。丁寧に作っても他の麦と同じ値段で買い叩《たた》かれたら、やっていけないからね。持ちつ持たれつだよ」

朗らかに言葉を交わす二人を見比べ、エルネは探るように尋ねる。

「じゃあ、ティスカ姉とは昔からの知り合い……？」

「ティスカちゃんが生まれた頃からだね。息子が生まれたのもちょうど同じ頃で、妻やシビルさん、ウェインさんと共に、盛大なお祝いをしたものだよ」

リセは『あ、シビルとウェインは私のお母さんと、お父さんね』というティスカの注釈を聞き流しつつ、エルネと『どう思います？』と再び視線を交わす。

「……白だと思います」

エルネの判定にリセも頷《うなず》くが、二人の行動が理解できないティスカは首を捻る。

「……？　なにが？」

「いえいえ、なんでもありません。――ちなみに、その息子さんは？」

「うちの農場を手伝ってくれてるよ。なかなかの働き者でね」

「あー、モンティともしばらく会ってないなぁ。ジェズくんとケインくんも元気ですか？」

「生意気盛りさ。長男は多少落ち着いたけど、男ばっかり四人、騒がしくて堪《たま》らないよ。うちも一人ぐらい、ティスカちゃんみたいなお淑《しと》やかな女の子が欲しかったよ」

「またまた～。褒めても出せるのは、うちのパンぐらいですよ？」

などと言いつつも満更でもないのか、ティスカはザインにソファーを勧め、常備してあるお茶請けサイズのパンを並べて、お湯を沸かし始めた。

「そういえば、次男のレオンは中等学校に入ったんでしたっけ？」

「そうだよ、ティスカちゃんに憧れてね。以前見せてくれた魔法が忘れられなかったみたいで。農家の子が進学する意味はあるのか悩んだけど、本人が希望したからね」

エルネは『中等学校の男の子……』と小さく呟《つぶや》き、リセを見る。

「リセ先輩、どう思います？」

「……灰色ですね。黒に近いです」

「……？　なにが？」

「いやいや、なんでもないよ、ティスカ姉。――あ、もしかしてここに来たのは、それが理由ですか？　息子さんが魔法を使えるようになるかも、と」

「それもある。でも、ボクも一応、中等学校は卒業しているんだよね。まともな魔法は使えないんだけど、シビルさんに話を聞いてね。下にもチラシが置いてあったし」

「なるほど、魔法を使いたくなったんですね？　魔法ですもんね！」

やっぱ使いたいよね、と同意を求めるティスカだが、ザインは苦笑して首を振る。

「いやいや、その気持ちがないとは言わないけど、ボクももういい年だからね。実用的な理由だよ。実は少し前から農地を広げることを考えていたんだよ。祖父さんの頃から貯《た》めてきたお金がそれなりにあるし、おかげさまで取り引きも順調。息子も多いからね」

基本的に麦だけを作ってきたザインだったが、単一作物というのは天候不順に弱い。

貯蓄はあるので多少なら耐えられるが、農地を広げて作物の種類を増やした方が、長期的に安定することは間違いなく、ザインは数年掛けて検討を重ねていた。

「さっき渡したペルミもその一環でね。何種類か試験的に育ててるんだよ」

「へー、それじゃ、順調なんですね？」

「作物の選択や栽培方法の確立についてはね。でも、問題となるのは労働力。息子たちもまだ半人前だし、広げるとしてももう少し先かな、と思っていたんだけど――」

「魔法を使えば、問題を解決できるかもしれないと？」

言葉を引き継いだリセに、ザインは『その通り』と頷く。

「人手が必要な耕耘《こううん》と殺虫を、魔法でなんとかできたらと思ってね。できるかい？」

「そうですね、なかなか挑戦しがいのある仕事になりそうです」

一般的に魔法使いとは頭脳労働者であり、社会的地位が高く、給料も多い。

対して農家は肉体労働主体。魔法が使えるのに農家になろうと考える者はおらず、農業用の魔法は発展していないし、ティスカが学んだ中にも存在していなかった。

「ですが、なんとかなると思います。実験は必要でしょうが……これでも高等学校での魔法の成績は、それなりに良かったですからね」

胸を張ったティスカの隣で、リセが『ティスカさんがそれなりなら、私は……？』と呟いているが、ティスカはそれに気付きもせず言葉を続ける。

「では、魔導書の方向性と料金についてですが――」

そうしてティスカが簡単な説明をすると、ザインは少し考え、すぐに決断した。

「細かいことはお任せで、耕耘と殺虫で一冊ずつお願いしよう。扱いやすさ優先で、調整機能も要らない。何も考えず、その魔法だけが使えるようなのを」

「良《い》いんですか？　畑の大きさは色々だと思いますし、本を分割すると料金も……」

「別に一度で耕す必要もないし、使うのが素人《しろうと》のボクだからね。多少お金が掛かっても、とにかく扱いやすく、丈夫で水に強い物が欲しい。外で使うものだから」

後継者が常に魔法が得意とは限らない。であるならば、少しでも使える可能性を上げておくのは重要だろうと言うザインに、ティスカも頷く。

「家宝として孫子の代まで残せると嬉《うれ》しいかな。予算は……これぐらいで大丈夫かい？」

そう言って示された金額は、魔導書二冊分としては十分すぎるほどで――

「まっかせてください！　良い物を作り上げます‼」

ティスカは俄然《がぜん》やる気を見せ、胸をポンと叩いたのだった。

◇　◇　◇

「エルネ！　リセ！　魔導書作り、本格的に始めるよ！」

仕事の入った翌日、ペリアプト魔導書工房ではティスカが一人、気炎を上げていた。

それに対して、ティスカを嬉しそうに見ながらも、冷静なのがエルネである。

「でもさ、クリスさんの方は、もう決まったようなものでしょ？」

「そうなんだよね。呪文《スペル》は単純だし、使う素材も一般的で面白味はないよね」

ティスカはどこか不満そうに腕を組み、うんと頷く。

「いや、別に面白味は必要ないと思うけど……すぐに作れるのは確かだよね。問題はザインさんの方かな？　呪文《スペル》自体も結構特殊だし。ティスカ姉、大丈夫？」

「そこは呪文設計士《スペル・ビルダー》としての腕の見せどころだから、なんとかする。問題は装丁だよ。何を使うか決めないと。まずは本文だけど——二人はトミネ石紙《せきし》って知ってる？」

ティスカの言葉に、エルネとリセはキョトンと瞬《まばた》きしたが、それは決してトミネ石紙を知らなかったからではない。むしろ知っていたからこその表情であった。

「あの耐久性だけの紙？　硬くて重く、使うインクも特殊。厚みもあって捲《めく》りにくいし、本文に使うような紙じゃないよね。一応、知識としては知ってるけど……」

「かといって、表紙に使う意味もないですし。欠陥品ですよね」

頷き合うエルネとリセだが、それを見たティスカは不満げに口を尖《とが》らせた。

「謝って！　トミネさんに謝って！　あれは凄いポテンシャルを秘めた紙なんだから！」

「トミネさんって……文脈的に開発者の名前ですか？　でも、落としただけで砕ける紙ですよ？　むしろ石版？　あれに『紙』と名付けた厚顔さは凄いと思いますけど」

「ちゃんと処理すれば強靱《きょうじん》になるんだよ、トミネ石紙は。——ちょっと重くなるけど。でも、扱いやすさと魔力効率の良さはあの価格帯で随一なんだから」

ティスカはトミネ石紙の良さをアピールするが、二人の反応はイマイチである。

「あれ以上に重くって……魔導書として問題外じゃないかな？　ティスカ姉」

「魔法じゃなくて、体が鍛えられそうですよね、そんな魔導書を持っていたら」

「それはそれで一石二鳥――じゃなくて！　実はトミネ石紙って、製本しなくても十分な耐久性があるから、昔は魔導書ならぬ、魔導カードとして使ってた人もいるんだよ？」

「でも、廃れたんですよね？　当然、理由があるんですよね？」

「……たくさん持ったらやっぱ重いし。魔導書と違ってページが繋《つな》がってないから、一枚に書き切れる呪文《スペル》じゃないと使えないんだよね、残念なことに」

「多少複雑な魔法だと、呪文《スペル》が何ページにもなりますもんね」

「カードサイズでは大した魔法も使えませんね。――魔導書として致命的欠陥では？」

「あ、でも、ティスカ姉みたいな変態的呪文《スペル》を書ければ、それなりに使えるかも？」

「変態じゃないから！　昔だったら、むしろ私が標準《スタンダード》！」

「嫌な時代ですね」

「なんでだよぅ。芸術の全盛期と言うべき。あの美しさを知るべき！」

「廃れてしまった現実を見ましょう？」

リセはティスカの肩をポンと叩き、可哀想《かわいそう》なものを見るような目を向ける。

「ぐぅ。……まぁ、いくら芸術的に記述しても、一枚に書ける呪文《スペル》は限られてるから、限定的にしか使われなくなったんだよ、残念なことに」

「変態の数も減ってますしね。でも、よく知ってますね？」

「うん。実はうちのパン工房で昔から使ってるのって、そのタイプなの。粉とかで汚れた手で触るでしょ？　タワシで洗えていつも清潔、結構便利なんだよ？」

「……タワシで洗える魔導書……新境地です」

「リセ先輩、むしろ温故知新では？　汚れやすい現場では需要があるかもしれませんね」

ティスカが詳しい理由を知り、二人は『実は案外使えるのかも』と認識を新たにしたが、逆にティスカは少し微妙な表情で腕を組んだ。

「いや、うちの客層だとどうかな？　私たちぐらい魔法が得意なら問題ないけど、トミネ石紙でもきちんと製本した方が扱いやすいからね。使える人は限られると思う」

「でも、今回には適していると。良いんじゃないですか？　予算的にも」

「トミネ石紙ならインクも決まるね。表紙は……ヴォルフローラの内皮と薄板を合わせるのでどうかな？　初心者向けだし、防水性と耐久性も高いでしょ？」

「そうだね。――ザインさんの方もこれで概《おおむ》ね決まりかな？　後はどうやって素材を手に入れるかだけど……エルネ、持ってたりしない？」

「持ってないよ⁉　……やっぱり、仕入れ先は不調？」

「うん。色々当たってみたけど……。記録にある昔の取引先を訪ねてみても八〇年以上、何代も前の話だから、取り合ってくれなくて」

「えぇ？　仕入れ先の当てがなかったんですか？　工房を開く以上はてっきり……。これまではどうしてたんですか？　ティスカさん、研究を趣味にしてましたよね？」

高等学校で魔法関連の成績トップを走っていたティスカであるが、それらは何の努力もなしに成されていたわけではない——本人が努力と思っていたかはさておいて。

ペンと紙だけでできる研究もあるが、それなりの成果を出すには、やはりある程度の実験は必要で、そのためには素材が必須。実家が魔法系貴族であるリセであれば、入手に困ることもないのだが、ティスカの場合はそうもいかないわけで……。

「少量なら学校の購買で買えたの。でも、もう無理でしょ？　だから問屋さんを訪ねてみたんだけど、大抵は門前払い。話を聞いてくれた所は大した物を置いてなくて……」

「当たり前です。魔法関連の問屋は、一見《いちげん》さんに売ってくれるほど甘くないですよ？」

「そうみたいなんだよー。もう、仕方ないから、伝《つて》を頼ってみようかと？」

呆《あき》れたようなため息を漏らしたリセに、ティスカは顎に指を当てて少し首を傾ける。

「あるんですか？　そんな伝が。なら最初から頼めば良かったのでは？」

「そこはケジメだから。——ということで、リセお願い！　問屋さんを紹介して！　お礼に私お手製の、美味《おい》しいパンも付けるよ？」

リセが暫《しば》し沈黙。何度か瞬きをしてティスカの言葉の意味を呑《の》み込み、再度ため息。

「……私ですか。まあ、ティスカさんが頼むなら、紹介するのも吝《やぶさ》かではないですが」

「頼りはリセだけなんだよ～。お願いします！」

「そう、ですか？　じゃあ、仕方ないですね。お任せください、話を通しておきます」

即座にパシンと両手を合わせて頭を下げたティスカに、形だけはしぶしぶと、でも実際には満更でもなさそうに、リセは「ふふっ」と笑う。

「助かるよ～。それじゃいよいよ、お仕事開始だね。頑張ろうね！」

「「はい！」」

こうしてペリアプト魔導書工房に於《お》ける、初めての魔導書作りは始まった。

◇　◇　◇

リセが問屋と約束を取り付けてきたのは、数日後のことだった。

ティスカとしては当然、自分で挨拶に行くつもりだったのだが、エルネに『あたしは魔法が使えないし、素材の仕入れぐらいは任せて！』と主張されては何も言えない。

エルネだけを連れ、リセが向かった先は町の中心から外れたエリアだった。

「リセ先輩、随分と辺鄙《へんぴ》な場所ですけど……本当にこっちなんですか？」

「一般客は対象としていない問屋ですから。――つきましたよ」

そこにあったのは、一見お店には見えない、石造りの頑丈そうな建物だった。

入り口は扉が一つだけ、そこに『レブリオ商会』と書かれたプレートこそあるが、誰かの紹介でもなければ非常に入りにくそうな雰囲気。高価な物や物騒な物も扱う魔法系の問屋だけに、防犯面を考えれば理に適《かな》っているのだが、商売っ気は非常に乏しい。

「大丈夫、なんですよね？　追い返されません？」

「当家とも昔から付き合いのある問屋なので、信用はできますよ？　それに最近代替わりして若い店主が取り仕切るようになったので、付き合いやすいと思います」

概して年寄りは保守的であり、商売が順調ならリスクを取ってまで、無理に取引先を増やそうとはしないし、リセたちの年代からすると取っ付きにくい頑固者も多い。

それも考えてリセが選んだのが、この問屋。少し気後れした様子のエルネを安心させるように、微笑《ほほえ》んだリセが扉をノックすると、反応はすぐにあった。

「――は～い。らっしゃい！　待っとったで！」

扉を開けたのは、やや訛《なま》りのある話し方をする若い女性だった。

エルネたちよりも背が高く、やや豊満な胸元や腰つきは成熟した大人のものだったが、朗らかな笑みを浮かべた顔は少し童顔で、若くも見える。

「よう来たな。ウチが店主のレイアや。さ、入りぃ」

「ペリアプト魔導書工房の仕入担当エルネと申します。本日はよろしくお願い致します」

薄暗い店内へ招かれ、緊張気味に挨拶するエルネに、レイアはパタパタと手を振る。

「あぁ、口調は気にせんでえぇで？　ウチもこんなんやしな。年も同じぐらいやろ？」

確かに店主としては若いレイアであったが、未《いま》だ一〇代半ばのエルネに対し、数年前に二十歳《はたち》を超えたレイア。同じぐらいと言うにはちょっと厳しい。

だがそこは取引相手候補である。エルネは頑張って笑みを浮かべた。

「そう、ですね……？」

少々疑問形になってしまったが。

「いや、ツッコんでぇな！　引き攣《つ》った笑みで同意されても、逆にキツいわぁ」

「レイアさん、その年齢で同じぐらいとか、図々《ずうずう》しいですね」

「リセはん、冷静に言われたら、更にキツいわ！」

レイアがペシンと自分の額を叩《たた》き、リセが肩をすくめてエルネに視線を向ける。

「ま、こんな感じの人です。エルネさん、遠慮するだけ無駄ですよ」

「せやで。だから気楽につきおうてや。同い年やしな！」

「それはさすがに無理があるよ!?」

自分と比較して、エルネ的には一番無理がある箇所に思わずツッコミを入れれば、それはボヨンッと撥《は》ね返された。

「はっはっは、ええ感じやで！　そんな感じで頼むわ！」

笑顔で親指を立てたレイアにエルネはため息をつき、相好を崩した。

「もう……、解《わか》ったよ。それで、取り引きしてくれるんだよね？」

「もちろんや。店主として取引先拡大は当然のことやからな。リセはんの紹介なら、信用も十分。断る理由はあらへんわ」

「ありがとう。それじゃ、この辺の品物、見ても良いかな？」

「好きに見てや。この辺のは売れ筋やな。ちょっと待っとり」

レイアが壁際《かべぎわ》の道具を操作すると、店内に明かりが灯《とも》り、照らし出されたのは天井近くまである無数の箪笥《たんす》。掃除が行き届き、埃《ほこり》が積もっていることもないそれらの箪笥には、大小様々な抽斗《ひきだし》が設けられ、前面に貼られたラベルによって分類されていた。

「凄《すご》い……。綺麗《きれい》に分類されて……物も良《い》いね」

近くの抽斗を開けて中身を確認したエルネに、レイアは満足そうな笑みを浮かべる。

「当たり前や。手抜きしよる工房とは取り引きせぇへん。質の悪いもんは置いてへんで」

「私もじっくり見るのは初めてですね。普段は配達してもらってますし」

「セラヴェード家はお得意さんやからな。いつも世話になっとります」

揉《も》み手《で》をするレイアにリセが苦笑する中、他にもいくつかの素材をチェックしたエルネが店の中を見回して、レイアに尋ねる。

「ねぇ、品揃《しなぞろ》えはここにあるだけ？　トミネ石紙が欲しいんだけど……」

「またけったいなもんを。あんま使われへんから、倉庫の奥やな。見に行くか？」

驚いたように眉を上げたレイアが店の奥を指さすと、エルネはすぐに頷《うなず》く。

「在庫があるんだ？　もちろん確認するよ」

「そか。品質に問題はないと言いたいところやけど、古いからなぁ。暗いから足下、気ぃ付けてな。――リセはんはどないする？　帰るか？」

「もちろん行きますよ？　問題ありますか？」

「別にあらへんけど、リセはんは工房に所属しているわけやないんやろ？」

なのに何故《なぜ》来るのかとの不思議そうな視線を受け、リセは「うっ」と言葉に詰まる。

「そ、それは……その、紹介者として？」

「紹介は承ったで？　心配せぇへんでも、ちゃんと対応させてもらうわ」

リセのやや苦しい言い訳に首を捻《ひね》るレイアに、エルネが慌ててフォローを入れた。

「リセ先輩はその、半職員というか、職員候補というか……もう身内ですから！」

「そうなんか？　ウチは別にええねんけど、リセはんも忙《いそが》しないんか？」

「だ、大丈夫です……」

そう言いつつも、逸《そ》らされたリセの視線に、レイアは何かを感じたらしい。

「なんや複雑そうやなぁ？　でも、藪《やぶ》を突《つつ》くのはやめとくわ」

商売人やからな、と付け加え、レイアはエルネたちを連れて店の奥へ。

そこにあった階段を下りて地下五階。トミネ石紙があったのはそんな深い場所だった。

「大きい倉庫、だね。まだ下もあるんだよね？」

「うちも古いからなぁ。地下一〇階まであるで。――トミネ石紙はそこや。専用インクの材料はそっち。この辺になると掃除も行き届いてへんから、埃っぽくて堪忍《かんにん》な？」

綺麗に掃除されていた地上のお店と比べ、倉庫の中にはさすがに埃が積もっていた。

地下三階ぐらいまではそれなりに出入りもあるのだが、それ以下にあるのはほとんど売れない物ばかり。必然的に掃除も年に一度ぐらいしか行われていないのだ。

「トミネ石紙も、インクの材料も……保存状態に問題はなさそうだね」

「さすがにそのへんはな。他に必要なんは？」

それからもエルネたちは倉庫を歩き回り、必要な物を集めて商談に入ったのだった。

一方、工房に残ったティスカは、少し時間を持て余していた。

エルネを信じて任せたものの、やはり結果は心配だし、気を紛らわすために仕事をしようにも、今できることは既に終え、趣味の研究に手を付けるほどには余裕がない。

無為にソファーに腰掛ければ、必然、目の前で寝転がっている存在に目が行く。

「暇そうだね、ツキさん」

少し非難がましい言葉にも、ツキは応えた様子もなくゴロ寝を続け、軽く手を振る。

「まぁの。儂《わし》も現役という年じゃないしの。それより、ちょいと気になっとったんじゃが、今日はエルネがおらんな？　ついに見捨てられたか？」

「なんでそうなったの⁉　そんなわけないよっ！」

「じゃがおぬし、まだ給料を払っておらんじゃろ？」

否定しようのない、そしてとても真っ当なことを言われ、ティスカは言葉に詰まる。

「い、いや、ちゃんと払おうとはしたんだよ？　でも、まだ要らないって――」

「そりゃ、おぬしがパン作りで稼いだ金は受け取りづらかろう。そもそも、仕入れ代金は払えるのか？　エルネに給料を払った後でも」

「そ、それは……」

無駄遣いはしないティスカだが、その貯蓄は実家の手伝いで貯《た》めた分だけしかない。

クリスティの魔導書は使う素材も一般的だが、ザインの方は特殊。彼の要望に応えるには、大半の物を新たに買う必要があったし、それらは決して安くない。

手持ちの資金では素材を買うだけでもギリギリ、もしエルネに給料を払っていたら、足りなかっただろう。ツキから呆《あき》れ気味に指摘されたのは、そういうことである。

ティスカもそれは理解していたが、微妙に納得できないこともあるわけで。

半ば八つ当たりと理解しつつも、ティスカはそれを口にする。

「――お金のことを言うなら、そろそろ対価を払ってくれても良くないかな？」

実家がパン屋といっても、当然だが、タダでパンが作れるわけではない。

ツキが食べているパン以外にも、気軽に一階からパンを持ってきているティスカだが、それらの対価は、きちんと彼女の給料から天引きされているのだ。

魔力の多いティスカはパン焼きに大きく貢献しているし、パンも従業員価格。

そこまで大きな額ではないが、積み重なれば決して小さな額でもない。

だからこそ、ティスカは愚痴を溢《こぼ》したのだが、ツキは惚《とぼ》けたように首を傾《かし》げた。

「対価？　はて、何のことじゃったか……」

「そのパン！　ほぼ毎日のように、タダで食べてるそのパンの対価！　忘れてないよね⁉」

呆《ぼ》けてないよね、いくらお年寄りでも！」

「だ、誰がお年寄りじゃ！　儂はまだぴちぴちじゃ！」

「ピチピチとか言っている時点で……」

「うるさいわいっ！」

ないわー、みたいな視線を向けられ、ツキは顔を顰《しか》めてソファーから身を起こした。

「……じゃが、そうじゃな。ちょうど良いじゃろ。儂が若人に講義をしてやろう」

「若人って……ツキさん、何歳なの？」

自分よりは確実に年上と解っていても、その外見は明らかに年下。

ティスカの口を衝《つ》いて出た疑問を、ツキは一蹴する。

「黙るのじゃ！　――さて、何から話すべきか。そうじゃな、ティスカ、おぬしが工房を立ち上げた理由は、エルネが魔法を使えるようにしたかったからじゃろう？」

「……そうだね。それだけが目的じゃないけど、今立ち上げたのは、それかな？」

「そして、魔法を使えない理由が、発動力にあると思っておる」

「私も色々調べたからね。治療方法については、手掛かりすらないけど。……違うの？」

「違う、とも言えぬが……、おぬし、そもそも発動力をどう考えておる？」

「術者に内在する魔力を外部に放出する経路。魔力を外に出せなければ現象として発現しないから、これがないと魔法は使えない」

「一般的にはそのような理解じゃな。しかしの、儂に言わせれば、四つの構成要素自体が少々理《り》に外れておる。魔法使いに必要なのはたった二つ。魔力とそれを扱う技術じゃ。構築力、発動力、制御力。それらは全て技術で纏《まと》められる話。分ける意味なぞない」

一瞬キョトンとしたティスカは、ツキの言葉を呑《の》み込むと、眉間に皺《しわ》を寄せた。

「……それって、凄く乱暴な話じゃないかな？　腕力、脚力、瞬発力。全て纏めて身体能力と言う、みたいな？　言葉遊び？」

「そういう見方もできるの。じゃがの？　殴れなければ蹴れば良い。力が弱ければ、速さで翻弄すれば良い。一撃必殺と手数で翻弄する戦い方。どちらが強い？」

「それは……比べられないよ。違うものだもん」

やや不満そうに答えたティスカに頷きつつ、ツキは言葉を続ける。

「そうよな。どちらが強いかなど状況次第、技術次第じゃ。それは魔法も同じ。魔力以外はどうとでもなる。極論、魔力ですら方法はあるが、技術では越えられぬ壁もある」

そう言ってツキは、色が変わってしまったティスカの髪と瞳を指さす。

「おぬしがエルネに施した魔法なら、最低でもおぬしぐらいの魔力は必要じゃ。じゃが、それも最低限。未熟者が使えばそうなるわけじゃな」

「……ツキさん、知ってるんだ？　私の使った魔法」

「これでも伝《つて》は多い。少し調べれば判《わか》るわい。ま、たまにあること故、あまり気にする必要もないが、体からの警告でもある。当面、あのような魔法は控えることじゃ」

「使ったら？」

「死ぬに決まっておろう？　――本当はあの魔導書も回収すべきなんじゃろうが」

さらりと告げられたとてもシビアな現実に、ティスカ、絶句。

呟《つぶや》くように付け加えられた言葉も、耳に入っていない。

「別に無理をせねば問題ないぞ？　それよりも気にすべきことがあるのではないか？」

ツキから問いかけるような視線を向けられ、ティスカは目を瞬《しばたた》かせて暫《しば》し俯《うつむ》いて考え込んでいたが、ハッとしたように顔を上げた。

「つまり、発動力に問題があっても、技術があれば、他の方法でカバーできる？」

「そういうことじゃ。よく見ておれよ？」

ツキは軽く頷くと、スッと手を上げて指を鳴らした。

直後、唐突にティスカの目の前に火球が現れ、ポンと弾《はじ》けて消える。

あまりに素早く、そして容易《たやす》く行使されたそれは、魔法の得意なティスカから見てもかなり異常であったが、彼女が注目したのは別の箇所だった。

「――えっ？　今の魔力の動き……なんか、おかしい？」

「素人《しろうと》はの、確かに魔力を『流す』ように使う。じゃが、大魔法に必要な大量の魔力をそのように扱えば、体に大きな負荷が掛かる。細い管に無理やり、水を流し込むようなものじゃからな。ならばどうすれば良い？」

本来魔法とは、体から放出した魔力によって発動するものであり、現象が起こる場所が離れていたとしても、そこから術者までは魔力的な繋《つな》がりが必要になる。

だが、ティスカが見る限り、先ほどの魔法とツキの間には、魔力の繋がりが見えなかった。まるで、その場に魔力を転移させたかのような――

「……その答えが、今の魔法の使い方？」

「そうじゃ。階段を歩いて下りるのが面倒だからジャンプする、そんな感じじゃ」

「いや、そんな簡単な話じゃない気がするけど……」

少なくとも、『跳ぶ』ではなく、『飛ぶ』ぐらいの困難さはあるだろう。

そう思ってため息をついたティスカに、ツキは笑って肩をすくめる。

「ま、慣れと練習は必要じゃな。じゃから、エルネには言うなよ？」

「え？　なんで？　エルネにこそ必要な技術なのに？」

「喩《たと》えばじゃが……水袋に蓋をして、ギュッと強く押したらどうなる？」

「はい……？　えっと、そりゃ蓋が外れて水が噴き出るでしょ？」

「そうじゃ。場合によっては破れることもあるじゃろうが、普通は先に蓋が外れる。じゃが、口の部分を丈夫な紐《ひも》できつく縛っておいたらどうなる？」

「それだと、水袋の方が破れる――って、まさか⁉」

「うむ。エルネを水袋にしたくなければ、下手に教えぬことだ」

「そんな……折角の希望なのに……」

酷《ひど》い喩えと現実にティスカの肩が落ちるが、ツキは少し呆れたようにため息をついた。

「はぁ……。ティスカ、おぬしはなんのために魔導書工房を立ち上げたのじゃ？　魔法が苦手な者を補助できる魔導書を作りたかったのであろう？」

「うん、そうだけど――あ」

「作れば良かろう？　そんな魔導書を。なに、あやつに必要なのは杖《つえ》のようなものじゃ。一度歩けるようになれば、一人で走ることも容易かろう」

「そっか……。そっか！　ありがとう！　光明が見えたよ‼」

「どうじゃ？　パン代ぐらいにはなったかの？」

小さく笑うツキに、ティスカは輝くような笑みを向けた。

「うん！　十分すぎるほどに！　明日から二倍食べても良いよ？」

「そんなに食べられんのじゃ。見ての通り儂は、小柄でぷりちーなのでの」

元気を取り戻したティスカを見て、ツキは呵々《かか》と笑い、再びソファーに寝転がった。

◇　◇　◇

エルネが必要な素材を仕入れてきたことで、ペリアプト魔導書工房は再び始動した。

「エルネ、クリスさんの魔導書の方、もう製本に入っちゃって！」

「うん！　――って、ティスカ姉、裁断機の切れが悪いんだけど！」

「あ、ゴメン！　替え刃の研ぎ直しをコーヘンさん――裏の鍛冶屋さんに頼んでたんだった。エルネ、受け取ってきてくれる？　他の刃物も一緒に」

「解《わか》った！　行ってくる！」

パタパタと工房を出て行くエルネを見送り、ティスカはトミネ石紙の加工に入った。

「替えがないから、丁寧に、割らないように……」

「ティスカさん、忙しそうですね。手伝いましょうか？」

「うーんと……大丈夫、かな。クリスさんの方はもう最終段階だし、ザインさんの方も、エルネと手分けすれば間に合うと思う」

横で見ていたリセの申し出に、ティスカが少し考えて首を振ると、リセは少し残念そうな表情を浮かべたが、すぐに元の表情に戻って改めて尋ねた。

「そうですか。……見ていても良いですか？」

「え？　別に構わないけど、そう珍しいものでもないでしょ？」

「そうでもないですよ。特にトミネ石紙を使うのなんて、初めて見ますし」

「それもそっか。トミネ石紙はね、まず表面を整えるの。砥石《といし》に水をつけて研ぐようにして。性能に影響が出ない範囲で薄くするのが重要かな。指の厚みの半分ぐらい」

ティスカは少し嬉《うれ》しそうに解説しながら、砥石を替えてトミネ石紙を研いでいく。

最初はジャッ、ジャッという音だったものが、次第にシャッ、シャッと濁りのない音に変わり、やがてほとんど音がしなくなった。

「これぐらいまでやれば、研ぎは完了。次は本のサイズにカットするよ。加工した後じゃ切りにくくなるからね……って、これはエルネが帰ってきてからだね」

硬さと脆《もろ》さを兼ね備えたトミネ石紙の切断には、削り取るような特殊な刃物が必要となるのだが、幸いなことにそれ自体は、地下の倉庫に眠っていた。

だが、何十年も使われていなかった刃には錆《さび》が浮いて使える状態にはなく、ティスカは裁断機の刃と共に、事前に研ぎ直しに出しておいたのだ。

「よく知ってますね。高等学校では習わなかったと思いますけど」

ティスカに対抗して呪文設計士《スペル・ビルダー》など、魔導書制作の資格を取ったリセだったが、そこで習ったのは現行の一般的知識。トミネ石紙の加工法のような古い知識には疎《うと》かった。

だが、それも当然。資格の有無は最低限を保証するだけ。有資格者が高い技術と深い知識を持っているとは限らず、むしろ知っているティスカの方がおかしいのである。

「うちには秘伝書《あんちょこ》が残ってたから。さすがに私も、これがなければ魔導書工房を復活させようなんて、思わなかったかも」

資格取得に必要な知識や公開されている情報に対し、特殊な素材の扱い方や、より効率的な使い方など、細かなノウハウはそれぞれの工房の秘伝であった。

それらは長い時間を掛けて見出《みいだ》された実験結果や経験則であり、非常に貴重なものであったが、工房の破綻に伴い、それらのほとんどは散逸してしまっている。

幸いペリアプト魔導書工房は、パン工房への業態転換が成功したが、それは例外。

多くの工房は経営破綻して廃業したため、建物や機材も処分済みなのだ。

「昔の技術も、工房と共に失われてしまったわけですか。もったいないですね」

「私からするとね。でも、その時代は、古い知識なんてもう必要ないと思ったんじゃないかな？　大手魔導書工房が台頭してきて、廃業するほどだったんだから」

「ある意味では正しかったんでしょうね。古いタイプの魔導書工房は失われ、大手魔導書工房が作る魔導書が標準。ここ以外、残っていないですから」

「うちから復活させるんだよ！　――といっても、トミネ石紙の加工を実際にやるのは私も初めてなんだけどね。実はちょっとドキドキ。失敗したら、後がないし？」

「エルネさん、『ティスカ姉なら予備は必要ない』って言ってましたよ？」

「おうふ……信頼が重い！」

額に手を当てて不思議な声を漏らしたティスカを見て、リセは「ふふっ」と笑う。

実際のところリセの紹介で、トミネ石紙などは案外安く購入できている。

予備がないのはエルネが節約しただけで、資金は残っているし、そのことをリセは把握していたが、何も言わないのは、彼女のちょっとした意趣返しだろうか。

少し困ったような表情で砥石を洗い始めたティスカを、リセがさりげなく手伝っていると、階段を上る音が聞こえ、板状の厚い刃物と革袋を持ったエルネが帰ってきた。

「ティスカ姉！　受け取ってきたよ！　これで良《い》いんだよね？」

エルネが差し出したのは革袋の方。ティスカはそれを受け取ると、「うん」と頷《うなず》く。

「ありがと、これで作業を進められるよ。裁断機の方は任せても良い？」

「やってみる。あ、それから、コーヘンさんが『七〇を超えた年寄りに、あまり無茶を言ってくれるな』って言ってたよ？　ティスカ姉、何したの？」

「ん～と、ちょこちょこと、ここにある機材の整備を頼んだり？　あ、エルネ、手を切らないように気を付けてね。手袋はしっかりと」

ティスカはエルネに厚手の手袋を渡し、彼女が「解ってる」と頷いて刃の交換を始めたのを確認。自分も袋から刃物を取り出して、トミネ石紙を切り始めた。

「整備って、専門知識が必要ですよね？　その人、普通の鍛冶屋さんでは？」

「私、専門家に伝がないから。でも、コーヘンさんは経験豊富だから『よう解らん』と言いつつ、なんとかしてくれるんだよ。お金がなくて、ちょっとずつしか頼めないけど」

「これからも頼むつもりなんですね……。専門家でもないのに、ティスカさんの無茶に付き合わされるその方に同情します。お年寄りは労《いたわ》らないとダメですよ？」

「大丈夫！　コーヘンさんはもう引退して、息子さんに工房を譲ってるから。暇してるって言ってたしね。これから専門家になってもらう予定だよ！」

『暇だからといっても無茶な仕事は受けたくないのでは？』と思ったリセだったが、その鍛冶屋からすれば、ティスカなんて孫かひ孫の年代である。

嫌なら普通に断っているだろうと考え直し、何も言わずにティスカの作業を見守る。

「さて、次は呪文《スペル》の記述だね。使うのはこれ。インクの調合機」

ティスカが棚から出してきたのは、両手に載るほどの円筒形の機材。

上には五つの投入口が並び、その下には臼。一番下には深めの皿が置かれている。

「そんな物まで……初めて見ますが、必要なんですか？」

「普通はインクを買えば良いから、見かける機会は少ないかも？ 特別な配合のインクを使いたい場合や、保存が利《き》かないインクを使う場合に必要なんだよ。今回は後者」

ティスカはそう言いながら、粉を二種類、液体を一種類投入、側面のつまみを調整する。

「これで滴下量を調整して、攪拌《かくはん》された物が下のお皿に出てくるんだけど、使える期間が短いから作りながら使うって感じかな。ってことで、スイッチオン！」

直後、臼が動き出し、その下の皿に赤黒い液体がぽたり、ぽたりと滴《したた》り始めた。

「ここからは急ぐよ！ このインク、数十秒で使えなくなるからね」

ティスカは細いペンを取り出すと、その先に手早くインクを付け、トミネ石紙の上に非常に精緻な呪文《スペル》を書き始めたのだが、それはもう、書くと言うよりも描くであり、傍《はた》で見ているリセは感嘆と呆《あき》れ、両方を含んだ視線を向ける。

「いつものことながら、なんて細かい……って、書いた場所が窪《くぼ》んでませんか？」

「うん、これが耐久性の高さの秘密かな？ ちょっとやそっとじゃ消えないからね。その代わり、ご覧の通り、扱いが面倒なんだけど」

話しつつもティスカの手は止まらない。僅かな時間で一枚目を書き終え、二枚目。それもすぐに完成させると、調合機のスイッチを切って、ため息と共に目元を押さえた。

「ふぅ～。終わった――って、急いで洗わないと。取れなくなる！」

「それぐらい、私がやっておきますよ。集中して疲れたでしょ？」

立ち上がろうとしたティスカの肩を押さえ、リセが調合機に手を伸ばすと、ティスカは素直に腰を落とし、目をグリグリとマッサージした。

「あー、ありがと。さすがに目が……。ちょっと細かくしすぎたかも」

「ティスカさんのその技術は凄《すご》いと思いますけど、そこまで圧縮する必要ありました？」

「ザインさんが使うだけなら、まったくない。でも、家宝にしたいとまで言ってくれてるしね。中等学校に進学できない人でも使える余地は残したいなって」

「確かにその呪文《スペル》なら、可能性はありますね。正直、見事と言うしかありません。――これだけの技術、魔法省でも、軍でも、他の貴族家でも、望むところに就職できそうですが……我がセラヴェード家でも好待遇で迎えますよ？」

「自由に研究できるならちょっと気になるけど……私の目的から外れるし、それはないかな。リセのとこなら考えなくもないけどね？　――さて、続きをやるよ！」

リセが調合機の洗浄を終えるのを待ち、ティスカはポンと膝を叩《たた》いて立ち上がると、トミネ石紙を浅いトレーに移し、そこに薄い青色の加工液を注いだ。

「これはしっかりと染《し》み込むまで待ちだね。エルネ、そっちはどう？」

「あ、うん。クリスさんの方はこれで……終わり！　どうかな？」

エルネが完成させたのは、茶色い革表紙の魔導書だった。その縁は二重の革で補強されていて、それなりの重厚感を醸《かも》し出しているが、本文は当初の予定通り極薄。

ティスカはそれをパラリと捲《めく》り、中身を確認して笑みを浮かべる。

「うん、ちゃんとできてる。あとは接着剤が乾くのを待つだけだね。ヴォルフローラの内皮の処理もお願いできる？　台紙は私が処理するから」

「了解！　接着剤はペルピレットで良いよね？」

エルネはティスカが頷くのを確認し、小鍋に少量の水と薄緑の樹脂を投入。沸騰しないように弱火に掛け、数十秒かき混ぜると、樹脂は溶けてとろみのある液体が完成する。

その次にエルネが取り出したのは、少し緑がかった青色のヴォルフローラの内皮。

非常に薄いそれを丁寧に作業台の上に広げ、刷毛《はけ》で水を付けて癖を取ると、その上に透けるほどの布を被《かぶ》せて先ほどの接着剤を塗布、空気を抜いてしっかりと貼り付ける。

そして、同じ作業を二度、三度。布を重ねて強度を高めていく。

一方、ティスカが用意したのは、厚み数ミリほどの木の板だった。

少し青みがかった不思議なその板を、ティスカは鋭い刃物で何度か傷を付けてペキリ、ペキリと折り分けると、切り口をヤスリ掛けして目的のサイズに加工する。

「えっと、トミネ石紙の厚みと表紙、遊び紙も入れるから、背表紙はこれぐらい……」

「ティスカ姉、こっちは終わったけど、そっちは？」

「あ、うん、もう終わる——はい！」

ティスカから差し出された板を受け取ったエルネは、それにも接着剤を塗り、先ほどのヴォルフローラの内皮の上に慎重に置いて、折り返して丁寧に貼り付けていく。

「最後にもう一枚、補強の布を重ねて……よしっ、ひとまず表紙は完成」

「本文の方も……うん、良い色になってる」

元は灰色の紙と赤黒い文字という、何とも微妙な色合いだったトミネ石紙は、加工液に浸されることで、薄紫色の紙とセピア色の文字へと変化していた。

ティスカはそれを取り出して水洗いすると、木枠に張られた網に載せて立ち上がった。

「あとは干すだけだね。エルネ、それもここに載せて……うん。そして網で蓋！　これで風が吹いても大丈夫だね。それじゃ、屋上に干しに行こうか」

「そうだね。リセ先輩も来ますか？」

「もちろんです。この建物の屋上、ちょっと見てみたいですし」

「特別面白い物はないけど……景色はまあまあかな？　なら、先導をお願い」

リセが開けた扉を抜け、木枠を持ったティスカとエルネが階段を上る。

ティスカたち家族が住んでいる三階を経て、もう一度階段を上がるとそこが建物の屋上。最初から考えて造られたのだろう。建物の屋根全体を屋上にしたそこは、ティスカたちが持ってきた木枠ぐらいなら、何枚でも並べられそうな余裕が確保されている。

しかし、今そこにあるのは、一家族分の洗濯物を干すのには十分な長さの物干し竿《ざお》と、ティスカが事前に設置した小さな木の台、一組のみであった。

「エルネ、その上に……うん。今日は晴れてるし、数時間も干せば大丈夫かな？」

ティスカが額に手を当て、見上げた空は抜けるような青空。

屋上には穏やかな日差しが降り注ぎ、微かな風が吹き抜ける。

リセとエルネは屋上の端に歩み寄ると、周囲の手すりに手を置いて、王都を見回す。

「気持ちの良い天気……確かに、すぐに乾きそうです。でも、本当に景色が良いですね。遠くがよく見えます。ここでお茶をすると、気持ちいいかも」

「ですよね。この建物、周りより少し高いから……」

周囲の建物の多くは二階建て。三階建ての建物も多少はあるが、この建物は元々が工房として建てられた関係上、一階の階高が普通の住宅よりも少し高い。

そのため、屋上に上ると視界を遮る物があまりない。もちろん、抜きん出て高いわけではないので、王都全体が見渡せる、というほどではないのだが。

「あ、一応言っておくけど、落ちないように気を付けてね。この建物も結構古いから。その手すりにあまり体重を掛けると――」

ティスカの言葉の途中で、慌てたように手すりから距離を取る二人。

そんな二人を見て、ティスカはニコリと笑って言葉を続ける。

「壊れることこそないと思うけど、万が一があるからね」

「もうっ、ティスカさん！　人が悪いです！」

眉を上げて不満を顕《あら》わにするリセと苦笑するエルネに、ティスカは肩をすくめる。

「や、点検や補修はしてるけど、古いのは本当だから。私も子供の頃、屋上で遊んでいて壊しちゃった経験があるし？」

「えぇっ⁉　だ、大丈夫だったんですか？」

不満から一転、リセは心配そうに尋ねたが、ティスカはご覧の通りと両手を広げた。

「なんとかかね。ま、落ちてたら、ここにいないよね。はっはっは！」

「いや、ティスカ姉、笑えないから。ここから落ちたら、本気で助からないから」

「判《わか》らないよ？　魔法を使えるようになった今なら。あ、でも私、落下しながら魔法を使ったことなかった。試してみるべきかな？　魔導書作りに生かせるかも――」

ため息を漏らすエルネに反論しつつ、妙な考えを口にしたティスカに、リセが慌てる。

「や、止《や》めてください、危険すぎます‼　そもそも、どうやって生かすつもりですか⁉」

「例えば……落下時の衝撃吸収？　高所作業する人向けに」

「無理ですから！　そんな状況で魔法を使える人なんて、極一部ですから！　そんな人は普通、高所作業員じゃなくて、高度な魔法使いですから‼」

「そっかー、それじゃ、うちの魔導書は売れないね。さすがリセ、一理ある」

「一理じゃなくて、真理だよ、ティスカ姉」

事実である。例えば軍属の魔法使いであれば、突発的にも冷静に魔法が使えるような訓練を行っているが、突然落下した場合にそれができるかといえば、難しいだろう。

つまり、ペリアプト魔導書工房が対象とするような普通の高所作業員は、どんなに使いやすい魔導書を手にしたとしても、発動前に地面と接触することになる。

「……つまり、自動的に発動する魔導書を？」

「いえ、それってもう、魔導書じゃなくて魔道具の範疇《はんちゅう》です。睨《にら》まれますよ？　そっち方面のギルドに。ただでさえ、ちょっと微妙なことしてるんですから」

「そうそう。多方面に喧嘩《けんか》を売ると、危険だよ？　ティスカ姉」

「私としては、そんなつもりはないんだけどねぇ。やりたいことやってるだけで」

ティスカは不本意そうだが、新たな魔導書工房を作り、無料の素質診断をして、更に魔道具にまで手を出せば、明確な敵対でなくても気に入らない人は多いだろう。

「強力な後ろ盾でもあれば、手も出しにくいでしょうが、今のティスカさんだと……」

「まー、私はしがない平民だからねぇ。当面は頭を低くしてやっていくつもり。そもそも、そんな魔道具を作っても、普通の人は買えないし」

一般的に魔道具は、誰でも使える代わりに、単機能で高価、普通の魔導書は、魔法使いでないと使えない代わりに、いろんな魔法が使えて魔道具よりは安い。

ティスカたちが目指すのは、普通の魔導書よりは使いやすく安いもの。

魔道具にしてしまっては何の意味もない。

「まずは今回のお仕事を、しっかりと終わらせないとね」

ティスカはそう言いつつ、乾燥中の表紙などに目を向け、もう一度空を見上げる。

「良い天気だし、ここでお茶でもしようか？　私もトミネ石紙は初めて扱うから、経過を見ておきたいし。時間があるなら、リセも一緒にどう？」

ティスカの誘いを受け、リセは少し拗《す》ねたように口を尖《とが》らせる。

「毎日のんびりしている私を見ておきながら、あえて訊《き》くあたり、意地悪ですね。ええ、ええ、ご相伴に与《あずか》らせてもらいますよ」

「だって、たまに貴族同士の付き合いとかあるって……。他意はまったくないよ？」

「そうですか？　なら良《い》いですけど」

「そうそう。ってことで、エルネ、椅子とテーブルの準備、お願いして良い？　二階の倉庫に入っているから。私はお茶の準備してくる！」

「あぁ、ティスカ姉、気を付けて――」

慌ただしく一階に駆け下りていくティスカを、少し心配そうに見送ったエルネがため息と共に頭を左右に振り、リセに声を掛ける。

「そういうことみたいなので、リセ先輩も手伝ってくれますか？」

「もちろん構いませんが……信頼されているんですね。倉庫に入れるなんて」

「二階の倉庫は、今の工房にあった不要な物を詰め込んだ倉庫ですからね。貴重品なんかは入ってないんですよ。一緒に片付けをしたあたしなら、勝手も判りますし」

「そうなんですか……。大変でしたか？」

「それなりに。でも、楽しくもありましたね。ティスカ姉と一緒に新しいことを始めるんだってワクワク感とか、期待感とか」

「へぇ……」

再び不満そうに頬を膨らませているリセを見て、エルネが「ふふり」と笑う。

「リセ先輩も一緒にやりたかったですか？」

「なっ、なんでそうなるんですか⁉」

「いや、リセ先輩、どう見てもペリアプト魔導書工房に入りたがってますよね？　色々と協力してくれてるのも、それが理由ですよね？」

「いいえ！　それがなくても協力ぐらいはします！」

「つまり、入りたいのは否定しないと」

「うっ……」

言葉に詰まったリセを、エルネは微笑《ほほえ》ましそうに見て言葉を続ける。

「でも、ティスカ姉からは誘いにくいと思いますよ？　知っての通り、お金がないですから、リセ先輩に見合ったお給料なんて払えませんし」

「私は別に、お給料の額なんて――」

「いやいや、そうもいきませんって。入りたいと言われたのならともかく、ティスカ姉の立場で『お給料は安いけど入って』とは言えませんよ」

「でも、エルネさんは入っているじゃないですか。誘われたんですよね？」

「あたしとリセ先輩じゃ立場が違いますから」

「……うぅ～～」

言い方は悪いが、魔法が使えなくなって落ちこぼれたエルネと、首席卒業のリセ。

普通であれば比べることなど、できるはずもない。

リセもそれを理解しているが故に、反論を思いつかず唸《うな》るが、エルネもリセをやり込めたいわけではなく、続けて口を開こうとしたその時、ティスカが屋上に戻ってきた。

「ただいまって、あれ？　テーブルは？」

左手にパンの入った籠、右手にお茶の入ったポット。美味《おい》しいティータイムの準備万端と笑顔でやってきてみれば、そこにテーブルセットはなし。

これはどういうことかと、ティスカは首を捻《ひね》った。

「あ、ゴメン。今から。ちょっと待ってて。リセ先輩、行きましょう」

「そうですね。ティスカさんは、ここで待っていてください」

「えっと……うん、お願い？」

エルネとリセの間に漂う雰囲気に、少しの違和感を覚えたティスカ。

自分も手伝うべきかと一瞬考えるが、両手は塞がり置く場所もない。

屋上から出ていくエルネたちを、追いかけることもできずに立ち尽くす。

「う～ん、何かあった？　喧嘩……じゃないと思うけど……」

リセとエルネの付き合いは、基本的にはティスカを通してのもの。特別親しいわけではないが、悪くもない——いや、普通に仲が良いとティスカは認識していた。

「うぅ～ん？　対立する要因なんてないはずだよね？」

などと、一番の対立要因が考察していると、しばらくしてエルネたちがテーブルと椅子を持って、朗らかに笑い合いながら屋上に戻ってきた。

そこからは先ほどの微妙な雰囲気は感じられず、むしろ逆に仲が良いようにも思え——ティスカは更に首を捻り、ティーポットが傾きかけて、慌てて体を起こした。

「ティスカ姉、なんか傾いてたけど大丈夫？」

「折角のお茶、零《こぼ》れたらもったいないですよ？」

「ええ……？　いや、良いんだけど。良いんだけど！」

心配していた二人に逆に心配され、なにか釈然としないティスカ。

しかし、楽観的故に『仲が良いなら別にいっか』と思考を放棄、持っていたポットとパンを、エルネたちが持ってきたテーブルの上に置く。

「それじゃ、私はカップを持ってくるから、二人はもう一脚ずつ、椅子をお願いね！」

そう言い置いて、ティスカは再び階段を駆け下りていく。その背中を並んで見送ったエルネとリセは、顔を見合わせてこっそり笑い合ったのだった。

数日後、完成した魔導書は無事に納品され――そして、これが契機であった。

傭兵《ようへい》として複数人で行動するクリスティは当然として、農家であるザインも魔法を使って畑を耕していれば、どうしても目立つ。そうなれば魔導書が話題となるのは必然であり、その二人でも使えるように調整された魔導書は、多少の心得があれば扱える物。

一度借りて使ってみれば、その有用性は明確である。

気軽に注文できるほどではないが、頑張れば手の届く料金。

それは、魔導書を使うことで得られる利益から考えれば、むしろ安いほど。

ペリアプト魔導書工房に注文が入り始めるのに、さほどの時間は必要なかった。

最初こそ、開業記念の割引もあり、ほとんど利益もなかったが、幸いなことに割引期間終了後もポツポツと注文は続き、ある程度の利益は出るようになった。

結果、エルネの給料も無事に払え、工房主としてティスカもホッと一息。

安堵《あんど》に胸を撫《な》で下ろしたそんな頃。

申し訳なさそうにリセが持ってきたのは、ちょっと面倒な依頼だった。

Episode3

第三章
無明と光明

The Atelier of
Tailor-made Grimoires
Episode3
Avidya and Hope

Avidya

and Hope

ペリアプト魔導書工房にリセが姿を見せなくなった。

最初のうちこそ『ちょっと忙しいのかな？』などと、軽く考えていたティスカたち。

しかし、五日、六日と日が経《た》つにつれて不安は募り、『体調が悪いのかも？』、『お見舞いに行った方が……』といった相談が始まり、本決まりになりかけた八日目、そのタイミングで疲労の色を顔に浮かべたリセが、工房を訪れた。

「お邪魔致します……」

「リセ！　いらっしゃい！　ちょっとお疲れ？　座って、座って！」

「お久しぶりです、リセ先輩。最近、来られませんでしたけど、体調でも？」

嬉《うれ》しそうな二人に出迎えられ、表情を緩めたリセはソファーに座って答えを返す。

「いえ、ちょっと忙しかったもので。体調の方は問題ありませんよ」

「そっか。良かった。エルネとお見舞いに行こうかと相談してたんだけど、リセの所は訪問しにくくて……。貴族のお屋敷《やしき》だし」

「別に気にする必要はありませんよ？　私たちは、その……お、お友達なんですから」

「本当？　門番の人に追い返されたりしない？　『平民は通せない！』とか、『招待状を見せろ！』とか言われて」

「そんなことは…………今度一緒に、うちに行きましょうか」

否定しかけたリセだったが、少しの沈黙を挟んでニコリと笑い、ティスカを誘う。

「あぁ、あるんですね、やっぱり。貴族ですしね」

「さすがに誰も彼も取り次がれては、面倒ですし。たぶん大丈夫だとは思いますけど、一度顔を見せておいた方が安心ですから」

エルネが納得と頷《うなず》けば、リセは言い訳するように言葉を重ねる。だが、それも当然。

最上位とは言えずとも、セラヴェード家はそれなりに大きな貴族。

気軽に出歩いているリセが特殊なのであり、普通なら常に馬車で移動してもおかしくないぐらいの身分である。得体の知れない人を簡単に取り次げるはずもない。

「リセの家には、私もちょっと興味あるかも。歴史ある魔法系の貴族なんだよね？　きっといろんな魔導書とか、魔法に関連するいろんな物とかがあるよね？」

「まぁ、セラヴェード家は建国当初から続く家ですからね。多くの魔導書を所蔵する書庫もありますし、魔道具の類いも色々と持っていますが——」

「おぉ！　さすがは貴族！　期待が膨らむよ‼」

「言っておきますが、それらは当家の歴史そのもの。簡単には見せられませんよ？」

「えぇ～、けちぃ～～」

「けちと言われても。一応、一族の人間にしか見せられない物ですから……。なんなら、弟と結婚しますか？　――ティスカさんが義妹。悪くないですね」

困惑を顔に浮かべたリセは、頬を膨らませたティスカに冗談ぽくそんなことを提案。

少し考えて満更でもなさそうに頷くが、それに慌てたのはエルネである。

「ちょ、ちょっと、リセ先輩！　ティスカ姉は平民ですよ？　無理でしょ⁉」

「魔法系の貴族は血筋を重んじますが、それは魔法の能力を重視するが故。強力な魔法使いであれば、平民であろうとも一族に取り込んできた歴史があります。ティスカさんなら両親も反対しない――いえ、歓迎する可能性は高いですね」

「う～ん、セラヴェード家の魔導書には興味あるけど、そのために結婚するのは……リセの弟さんにも会ったことないし……」

「姉の私が言うのもなんですが、良い子ですよ？　――まだ八歳ですけど」

「リセ⁉　さすがにそれは年齢差がありすぎるよ！」

「いや、ティスカ姉！　年齢が合ったら考えたの⁉」

ティスカがリセの言葉に、そしてエルネがティスカの言葉に瞠目《どうもく》し、リセが噴き出す。

「ふふっ、冗談です。もちろん、ティスカさんにその気があるなら、考えますけど？」

「ないない！　興味があるのは魔導書だから！」

「誰もが、とは言いませんが、多くの人はうらやむ立場なんですけどね……」

慌てて首を振ったティスカを見て、リセは微笑《ほほえ》み、お茶に手を伸ばして一息ついた。

ここに来た時には、疲労と微《かす》かな緊張が見えたその表情も、ティスカたちとの雑談で気分転換できたのか、だいぶ穏やかなものに変わってる。

「貴族になれるなら、そう思う人は多いでしょうね」

エルネの家は没落貴族。彼女自身は未練もないと言っているが、やはり何か思うことはあるのか、少し難しい表情。だが、すぐに表情を改めてリセに尋ねた。

「それより、なんでリセ先輩はご無沙汰だったんですか？　元気だったのに」

「あ、それ、気になってた。貴族の付き合いとか？　それとも、就職活動とか？」

ティスカの言葉に、エルネが気まずそうな、そしてリセが不満そうな表情を一瞬だけ浮かべたが、リセはすぐに小さく首を振ると、ティスカの目をじっと見た。

「それなんですが……ご迷惑かもしれませんが、ティスカさん——いえ、ペリアプト魔導書工房に一つ依頼を請けて欲しいんです。お願いできますか？」

「依頼？　もちろん！　お世話になってるリセの頼み、迷惑だなんてことはないよ！」

恩を返せると、笑顔で頷いたティスカだったが——

「本当ですか？　それが貴族の襲爵とか、あれやこれやの面倒事が絡《から》むお願いでも？」

続いたリセの言葉で、その笑顔が少し引き攣《つ》る。

「…………もちろんだよ！　なんでも言って‼」

「返事を躊躇《ためら》いましたね。まぁ、理解できますけど」

普通の平民よりも貴族に縁のあるティスカは、貴族を無意味に畏れたりはしない。

無意味には畏れないが、面倒な貴族がいることもまた知っている。

そしてそんな貴族のことをティスカよりもよく知るリセは、理解せざるを得ないと苦笑しつつも、問題ないと言葉を続ける。

「心配しなくても、依頼者はそんなに悪い子じゃないですし、面倒事になれば当家でフォローしますから、安心してください」

「べ、別に不安じゃないけど……ありがと。それで、依頼の内容は？」

「はい。ティスカさんは、魔法系の貴族の派閥って知っていますか？」

「派閥？　三人寄れば派閥ができるって聞くし、あると思うけど……知ってると思う？」

平民の自分が知るわけがないと、胸を張って開き直ったティスカであるが、実際には高等学校も派閥と無縁ではなく、多少意識していれば関係性を把握するのは難しくない。

そしてそれらは、円滑な人間関係に必要な情報でもある。

にも拘《かか》わらず、ティスカが平穏な学校生活を送ることができたのは、彼女自身の社交性に加え、リセの存在も少なからず影響していたりする。

「ま、ティスカ姉はそうだよね。リセ先輩が言っているのは、門閥ですよね？」

「はい。当家であればメーム一門、エルネさんはクォフ一門でしたよね？」

「よくご存じですね。名乗ってないのに……」

エルネは瞠目するが、リセは困ったように眉尻を下げて微笑む。

「そのぐらいは。知ってないと、付き合いで面倒なことになりかねませんし」

「やっぱ貴族って大変──うん？　それって、リセの名前の？」

ティスカは嘆息し、ふと気付いたようにリセに視線を向けた。

「はい。名前に『メーム』が入っているのが、同じ一門となります」

「ということは、エルネは、エルネ・クォフ・ハールディが本当の名前？」

「名乗ることはないけど、一応は。もう爵位がないから、関わり合いもないけどね」

「そのあたりは、一門の考え方次第ですけどね。メーム一門の場合は実力重視なので、現在、平民であっても集まりに参加したりします。エルネさんぐらいであれば……」

問題ないと言いかけたリセだったが、今のエルネは魔法が使えないことを思い出し、困ったように途中で言葉を濁した。

「あはは、気にしなくて良いですよ。あまり興味もないですし。それでリセ先輩、今回はその一門に関係する依頼ということですか？」

「ええ。メーム一門に属する、コール家の跡継ぎに関する問題です」

「え、ちょっと待って。それって別の家のことだよね？　なんでリセが関わるの？」

他家の跡継ぎ問題に首を突っ込むことは、本来、御法度《ごはっと》である。

貴族だけに影響力を持ちたいとか、あわよくば乗っ取ってしまおうとか、思惑を持って工作を仕掛けることもあるのだが、その気がなければ疑われないように距離を取る。

逆に言えば、なお関わるのなら、何らかの理由があると考えられるわけで。

「あ、もしかして、跡継ぎ候補がリセの婚約者、とか？　ピンチの婚約者を――」

「違います！　縁戚関係も……あまりありません。ただ、セラヴェード家はメーム一門でも立場が上の方なので、そうした問題の対処を任されることもあって」

ニマニマと笑うティスカの言葉を言下に切り捨て、リセはため息と共に言葉を続ける。

「コール家には息子が一人しかいません。本来であれば跡継ぎ問題になることもありません。ですが先ほど言った通り、メーム一門は実力重視なものですから……」

「その跡継ぎが実力不足、ということですか？」

「有り体に言えば。私たち魔法系貴族は、初祖の使った魔法と魔導書を継承しています」

「えっ⁉　なにそれ！　興味ある‼」

「ティスカ姉、自重！」

「はっ!? ゴメン、リセ、続けて」

　思わず身を乗り出したティスカだったが、エルネに引っ張られて慌てて座り直した。

　リセはそれに苦笑しつつ、言葉を続ける。

「気持ちは解《わか》りますけど、そこまで大した物でもないですよ? その魔法——継承魔法の実用性は様々で、魔導書も決して使いやすい物ではありません。どれぐらい重視するかも、家によって異なりますしね」

　実際、実用性は最近の魔導書の方が上。扱いやすさでは、ティスカたちが作る魔導書などとは比べものにならず、むしろ象徴的な意味合いでしかない。

「それでも権威はありますから……。コール家の場合、その継承魔法を成年式のときに披露することが、後継者の証《あかし》となっています」

「おぉ、さすがは貴族、成年するときにそんなパーティーをするんだ? リセも? リセもやったの? ドレス着て踊ったりしたの? 見てみたかった!」

　少し目を輝かせたティスカに、リセは優しい目を向ける。

「しましたけど……興味あるんですか? なんだったらお呼びしましょうか? そんなパーティーに。私のお友達としてなら、いくらでも機会はありますよ? 楽しいかどうかは保証しませんけど。むしろ、楽しくないですけど」

「……楽しくないんだ？」

「それはそうです。気の合う人だけを集めるならまだしも、特に成年式なんて、名前ぐらいしか知らない人だってたくさん来るんです。如何《いか》にマウントを取るかしか考えていない女たち、心にもない言葉で私の歓心を買おうとする男たち、粗探しに血眼になる貴族たちに、笑顔で対応することがどれだけ疲れるか……フフフ。お呼びしましょうか？」

「い、いや、いい、いらない！　そんな魔窟、行きたくない‼」

再度誘うリセの昏《くら》い目を見て、ティスカは怯《おび》えたように必死で首を振った。

「そうですか？　ティスカさんなら、案外、上手《うま》く渡って行けそうですけど……。話を戻すと、コール家の一人息子はまだその魔法が使えず、一四歳の誕生日に行われる成年式まではあまり日がない。そして分家はその資質に疑いを持っている状態です」

「うん、うん、なるほど？　つまりは……？」

「……分家は自分の子供を跡継ぎにして、本家に成り代わりたいわけです」

リセの端的な言葉に頷いたティスカだったが、一瞬考えて不安そうな表情になる。

「ほうほう……え？　私、すっごいドロドロに巻き込まれようとしてない？　大丈夫？」

「当家としては、ドロドロしないようにしたいのです」

「あえて詳しくは訊《き》きませんけど、リセ先輩が最近来てなかった理由はそれですか？」

「ええ、その子に魔法を教えに行っていたんですが……簡単に成果が出るはずないですよね。なのでスッパリ諦めて、ティスカさんに頼ることにしました」

「ええ？　私に鍛えて欲しいとか、そういう話？　無理だよ？　私、教えるのって得意じゃないし。エルネにも、いつも『解らない！』って怒られるもん」

「うんうん。ティスカ姉って、なんというか、凄《すご》く感覚的なんだよね。付き合いの長いあたしでも理解に苦しむのに、初対面の人とか……」

「理解に苦しむ⁉　そこまでだったの⁉」

「はい、それは私も知ってます」

「知ってたの⁉　もしかして、有名だったの⁉」

「むしろ知らなかったんですか？　友人から勉強を教えてと言われること、少なかったと思いませんでした？」

呆《あき》れたように指摘され、ティスカはハッとしたように瞠目した。

「そういえば――⁉」

ティスカは魔法関連では成績トップ。社交性が高く、友人も多かった。

となれば、テスト前には勉強を教えてと人が寄ってきそうなものだが、そんな状況はほとんどなく、仮に来たとしても、エルネを除き二度目はなかった。

「大抵は一回で懲りるんだよねぇ。自分一人でやる方がまだマシと」

「そのようですね。なので、そちらは期待していません。要は継承魔法――みたいなものが使えれば、問題は解決するのですから」

うんうんと頷《うなず》いていたエルネだったが、リセの言葉を聞いて動きを止め、眉を顰《ひそ》めた。

「……え、つまり、それっぽい魔法が使える魔導書をティスカ姉に作ってもらって、騙《だま》そうということ？　それってマズいんじゃ……？」

「問題ありません。使える事実があれば、方法はどうでもいいですし。どうせバレませんよ。調べた限り、分家の連中に大した魔法使いはいませんでしたから」

軽い調子で言うリセだったが、それを聞いたエルネの方は、「バレたとき、ティスカ姉が危ないんじゃ？」と不安そうに眉を曇らせた。

「どうですか、ティスカさん。料金は結構ふっかけても良いですよ？　コール家はそれなりにお金を持ってますからね。引き受けてくれますか？」

「え、依頼に来てくれたら、もちろん引き受けるよ？　リセの紹介なら安心だし」

「ティスカ姉、ちゃんと聞いてた⁉　面倒臭そうな感じだよ⁉」

あまりにも気軽に応じたティスカの肩をエルネが揺するが、ティスカは揺れながらも笑みを浮かべてリセを見る。

「そこは心配してないよ。リセのことは信用してるし。それに別の魔法が必要になったら、また来てくれるってことだよね？　常連さん、獲得？」

「えぇ、お任せください。——常連になるかは判《わか》りませんが。貴族の当主が魔法を使う機会なんて、ほとんどありませんし」

「あー、そっか。常連さんは無理か。でも、全力で頑張るよ。——貴族の継承魔法を知る機会なんて、滅多にないだろうし」

ティスカがぽつりと呟《つぶや》いた言葉を聞き咎《とが》め、エルネがジト目を向ける。

「……ねぇ、ティスカ姉。引き受ける理由、それじゃないよね？　リスクがあるのに」

だがティスカはエルネの言葉に答えず、よいしょと立ち上がった。

「私はそろそろ、パン焼きの手伝いに行こうかな？」

「ちょ、ティスカ姉！　いつもは朝しか手伝ってないよね⁉」

「リセ、いつでも良いから連れてきてね。待ってるから！」

「ティスカ姉——‼　貴族って、本当に汚いんだからねっ！　危ないよ！」

手を振って出て行くティスカと、それを追っていくエルネ。そんな二人を見送ったリセの「私も貴族なんですけど……」という呟きが、小さく工房に響いたのだった。

リセが口にした『あまり日がない』というのは事実だったのだろう。

その翌日には、リセに連れられた二人の男が工房を訪れていた。

一人はティスカたちより数歳年下の少年。短く切りそろえられた金髪に碧眼《へきがん》、背の高さはエルネと同じぐらいで、整った容姿は美少年と言うに相応《ふさわ》しいものであったが、まだ幼さの残るその顔立ちは、凛々《りり》しさよりも可愛《かわい》さに寄っていた。

もう一人は黒い服をきっちりと着込んだ、少年よりも頭一つ分は高い男。髪には白い物が交じり始めているが、ピシリと伸びた背は衰えをあまり感じさせない。

「ペリアプト魔導書工房のティスカ・ペリアプトです。本日はよろしくお願い致します」

「アルヴィ・メーム・コールだ。よろしく頼む」

丁寧に頭を下げたティスカに対し、少年は尊大な態度で胸を張り、言葉を返した。

だが、鋭い視線のリセが、やや厳しい声で即座に言葉を挟む。

「アルヴィ君、言葉遣い」

「うっ。アルヴィです。よろしくお願いします」

一切反論することなく言葉遣いを改め、ぺこりと頭を下げたアルヴィを見て、リセは満足そうに頷くと、自分もティスカに対して謝罪を口にした。

「ごめんなさい。この子、後継者らしさをちょっと勘違いしてたみたいで」

「いや、私は平民だし、気にすることはないけど……リセ、厳しくない？」

「良いんです、このぐらいで。この子のせいで、私の時間がどれだけ失われたか！」

努力が足りません、と不満そうに頬を膨らませるリセに、ティスカは苦笑する。

「そんな簡単に魔法の腕が上がったら、苦労しないよ〜。アルヴィ様だって、きっと頑張ったと思うよ？　ねぇ？」

ティスカがそう言ってアルヴィに微笑《ほほえ》むと、彼は照れたように視線を逸《そ》らす。

「それから、こちらがエルネ。うちの工房の優秀な魔法使いです」

「エルネ・クォフ・ハールディです。よろしくお願いします」

紹介を受け、エルネがフルネームで挨拶をする。ティスカはそのことに少し驚いたが、それを表には出さず、アルヴィの後ろに立つ男の方へ視線を向けた。

「私はコール家の執事、ハイデンと申します。リセ様にお聞きしましたが、ティスカ様はとても優秀とのこと。この度はお力添え、よろしくお願いします」

「ええ、お任せください。使う人に合わせて、ぴったりの魔導書を仕立てる。それが私たちの工房の強みですから。それではアルヴィ様、早速ですが詳しい話を――」

「あ、あの、僕のことはアルヴィでお願いします。言葉遣いもリセさん相手と同じようにしてください。リセさんより丁寧に接されると……その……」

困ったように言葉を濁すアルヴィを見て、ティスカはリセに問うような視線を向けた。

「え？　普通に魔法を教えただけですよ？」

疚《やま》しいことなんて欠片《かけら》もありませんと、平然と応えたリセだったが、その言葉を聞いたアルヴィは静かに視線を逸らし、ハイデンもまた無言で目を閉じる。

それを見たティスカは、『リセって、実は私より教えるのが下手なんじゃ……？』と疑問を持つが、追及しても仕方ないと、アルヴィにニコリと優しく微笑んだ。

「それじゃ、アルヴィ君、よろしくね？」

「は、はい！　よろしくお願いします！」

少し頬を染めたアルヴィは元気よく応え、顔を輝かせたが、それを見たリセは厳しい視線を向けて、辛辣な言葉を吐く。

「口先だけならなんとでも言えますよ。私としては、もっと必死な姿を見せて欲しいのですが……危機感が足りないんですよ、アルヴィ君は」

「リセ、そこまで言わなくても……。私は頼ってきてくれて、嬉《うれ》しいよ？」

「ティスカさん……」

「アルヴィ君も、一緒に頑張ろうね？」

「はい！　頑張ります！　一緒に！」

「うん。じゃ、まずは素質の測定を——」

「はい、ティスカ姉。準備できてるよ」

やる気を見せるアルヴィにティスカが頷き、続けた言葉が終わるか、終わらないか。

二人の視線を遮って、待ちかねたかのようなエルネが、ドンッと診断機を置いた。

その表情は少し不機嫌そうだが、ティスカはそれに気付かず「ありがと、エルネ」とお礼を口にすると、アルヴィを促して診断機に手を置いた。

「使い方は解《わか》るよね？　そこに両手のひらを付けて……」

「はい、以前やったことありますから。ここに診断機があることには驚きましたけど」

「これでも歴史のある魔導書工房だからね。……ちょっと休業してたけど」

一般的に八〇年以上は、『ちょっと』とは言えない。

だがティスカは、一部の人から向けられた呆れを含む視線を無視し、診断を進める。

「うんうん、そんな感じで……アルヴィ君、頑張って！」

「はい！　ぬぬぅ——っ」

「…………はい、もう良《い》いよ。お疲れさま！」

「はぁ……。どうですか？」

ティスカの合図でアルヴィが力を抜くと、四隅にある円柱が染まってゆく。

その高さは以前クリスティがやった時と比べて明らかに高く、一部は一〇センチを超えるほど。少なくとも平均値を大幅に上回っていることは間違いない。

「そうだね、さすがは魔法系貴族なのかな？　魔力は結構多いね」

「へへ、そこは自信があるんです。以前の診断でも見込みがあると言われました！」

アルヴィは口角を上げ、得意げな表情で身を乗り出したが、それを見たリセはため息をつき、その肩を押さえた。

「アルヴィ君、あまり得意げにすると滑稽ですよ？　その程度の魔力量では、この場にいる誰にも勝てないんですから。自信過剰はダメです」

「そうなんですか？　……そちらのハールディ家の方よりも？」

リセに窘《たしな》められてアルヴィは不満げに、むっと口元を歪《ゆが》めて視線を巡らせたが、その言葉に微《かす》かに混じる侮蔑を感じ取り、ティスカの笑みが冷たいものに変わる。

だが、ティスカが何か言うよりも先に、リセが反応した。

「アルヴィくーん？　あまりふざけたことを言うと、廃嫡より酷《ひど》い目に遭わせますよ？」

笑顔を浮かべたリセは、両手でガシリとアルヴィの頭を摑《つか》み、ギリギリと締め付ける。

彼女は決して力持ちというわけではないが、そこは相手もまだ子供である。

「痛い、痛いですっ！　リセさん！　決して、決してバカにしたわけではっ⁉」

「リセ様、坊ちゃまにあまり無体なことは……」

痛みに悲鳴を上げたアルヴィを助けようとするかのように、ハイデンが手を彷徨《さまよ》わせるが、アルヴィから手を離したリセは、彼にも厳しい視線を向けた。

「ハイデン、後がないことを理解していますか？　セラヴェード家として協力できるのはここまでです。ティスカさんに見捨てられたら、アルヴィ君は終わりですよ？」

　魔法の能力を短期間で劇的に向上させることなど、不可能である。

　もちろん、多少のコツは存在するが、それによって対処しようとしたリセは既に匙《さじ》を投げ、このままでは成年式までに継承魔法を使えるようになるのは難しい。

　そうなればアルヴィは後継者候補から外れ、挽回《ばんかい》することは難しいだろう。

「当家としてはコール家の安定を望みますが、強引にアルヴィ君を後継者にしても、それはそれで争いの種。ならば完全に芽を潰した方が、むしろ混乱は少なくなります」

　状況次第では排除すると宣言したリセの迫力に、アルヴィたち主従が息を呑《の》む。

　だが、硬くなったそんな空気を解《ほぐ》すように、エルネが少し微笑んで口を開いた。

「リセ先輩は厳しいですね。まだ子供相手に」

「締めるべきは締める、です。甘えはもう許されない年ですから。厳しくいきますよ」

　そう言いつつも、魔法を教えていた間にリセが手を出したことはなく、相手に伝わっていたかは別としても、かなり丁寧に、親身になって教えていた。

にも拘《かか》わらず、今回実力行使に出たのは、ティスカの存在があったからである。

あの時、エルネを侮《あなど》るようなことを言われ、ティスカは明らかに怒っていた。

気さくな対応をしていても立場を弁《わきま》えている彼女は、その感情をアルヴィにぶつけることはしないだろうし、一度引き請けた仕事はやり遂げるだろう。

だがそれは許すこととは違うし、聞き流したリセにも何らかの蟠《わだかま》りを抱えかねない。

そしてそれは、リセとして決して看過できない問題であり、今回の行動にはアルヴィたちの気を引き締めることは当然ながら、ティスカの溜飲《りゅういん》を下げる目的も多分にあった。

「申し訳ございません、エルネ様、ティスカ様。坊ちゃまは常々、魔法系貴族としての誇りを持てと言われてきたものでして。家に誇りを持つことと、個人を尊重すること。そのことに対する教育が至りませんでした」

ハイデンが率先して深々と頭を下げると、アルヴィも慌てたようにそれに倣《なら》う。

「す、すみません、エルネさん。その、魔法系貴族から平民に落ち――なった家は、魔法を扱う能力が衰えたからと聞いていたもので……」

「それは一面的な見方ですね。我々メーム一門は魔法の能力を重視しますが、他もそうとは限りませんし、それだけで爵位を維持できるわけではありません」

「はい。エルネさん、改めてすみません」

「いえ、あたしは気にしてないですから。ねぇ、ティスカ姉？」

本人から確認するように問われ、ティスカは数度瞬《まばた》きをしてから表情を緩めた。

「……まあ、そうだね。魔法の能力は血筋もあるけど、個人差も大きいし。アルヴィ君の魔力の高さは家柄かな？　構築力と制御力はそれなり、発動力がやや低めだね」

低めとは言ってもクリスティなどよりは高いのだが、ティスカは『継承魔法を使うには足りないのだろうね』と頷《うなず》いて、手元の紙に結果を記した。

「うん、もう少し詳しく調べようか。アルヴィ君、両手を出して」

ティスカがそう言って両手を差し出すと、アルヴィは一瞬躊躇《ためら》った後、そっと手を取ろうとしたが、それを遮るように口を挟んだのはエルネだった。

「……ティスカ姉、そこまでする必要があるの？」

「念のため？　事情を考えると失敗はできないし、やれることはやっておこうかと」

「そ、そうですね！　よろしくお願いします」

少し慌てたようにアルヴィが手を取ると、ティスカは微笑んで言葉を続ける。

「それじゃ、少し魔力を流すから気持ち悪いとか、痛いとかあったら、すぐに言ってね」

「そ、そんな、ティスカさんの手が気持ち悪いなんて――」

「え？」

「い、いえ、なんでもないです！　解りました！」

「——？　うん。それじゃ、いくよ？」

それから一〇分あまり。やや不満そうな表情のエルネが見守る中、診断は続き、やがてティスカが手を離すと、アルヴィは少し名残惜しそうにその手を膝の上に戻した。

だがティスカはそんなアルヴィには目も向けず、カリカリとたくさんのメモを書き加え、それを見ながら少し考えて、うんと頷く。

「専用の魔導書を作れば、ある程度の魔法は使えそうだね。けど、問題は継承魔法の詳細かな？　具体的にどんな魔法なの？」

ティスカはアルヴィに目を向けて尋ねたが、答えたのは背後のハイデンだった。

「それは私から。継承魔法は大まかに、情報伝達関係の魔法となります。光や音だけという単純なものから、言葉をそのまま伝えられる高度なものまで色々ありますが、披露するのはそれの初歩、空に火球を打ち上げて、光と音を放つ魔法となります」

「あぁ、成年式だもんね。あまり高度なものは求められないか」

「はい。そこで相談なのですが、私が詳細を説明致しますので、そのような魔法が使える魔導書を作ってもらうことはできないでしょうか？」

「……それは継承魔法の魔導書を見ずに、ということですか？　似た魔法ならできるでしょうが、それで良《い》いのですか？　継承魔法を使える別の魔導書と、それっぽい魔法を使える別の魔導書では、意味合いが違ってくると思いますが」

「継承魔法の魔導書はコール家の重要な秘伝です。外部の方にお見せするのは……」

可能ならば見せたくないと言うハイデンの言葉に、彼以外の四人が眉を顰《ひそ》めた。

魔法への探究心については、人後に落ちないティスカ。依頼を引き請けた理由の半分ぐらいは、未知の魔導書に触れられることが占めている。

エルネはそれをやや憂えているが、逆に触れられもせずに仕事を引き請けることになれば、リスクばかり大きく、メリットが少ない。

そしてリセとしては、ティスカのモチベーションの源が未知の魔導書にあることを知っているが故に、ハイデンの提案は受け入れがたかった。

「それでは話が違います。見せるという約束だったでしょう？」

「ハイデン、それは既に結論が出たことだろう？　父上もセラヴェード家が紹介する人であれば、問題ないと仰《おっしゃ》っている。そもそも当家には読み解ける者がいないのだ。僕自身、ティスカさんに見てもらうことには、価値があると思っている」

リセの抗議に、本来はコール家側であるはずのアルヴィも同調し、ハイデンを窘める。

それでもハイデンは「しかし」と反駁《はんばく》しかけたが、アルヴィは再度首を振った。

「決定事項だ。ですが、ティスカさん。さすがに持ち出すことはできませんので、当家に来て頂くことになりますが、よろしいですか？」

「え？　うん、見せてもらえるなら、行くぐらいは問題ないよ。ただそうなると、工房がエルネ一人になっちゃうから……どうしよう？」

継承魔法の魔導書を一日二日で理解できると考えるほど、ティスカは自惚《うぬぼ》れていない。

迷いを顔に浮かべた彼女を見て、手を挙げたのはリセだった。

「なら、代わりに私が常駐します。面倒な仕事を持ち込んだのは私ですし」

「良いの？　それなら助かるけど……エルネは？」

「リセ先輩がいてくれるなら、安心かな？　……むしろ、ティスカ姉の方が心配」

「え？　大丈夫だよ？　これでも古い魔導書の研究には慣れてるからね！」

エルネの治療にも使った魔導書を念頭にティスカは笑顔で応えたが、エルネはそんな彼女に対し、少し残念な物でも見るかのような、微妙な視線を向けた。

「そういう意味じゃないんだけど……まぁ、気を付けて」

「……？　う、うん、そんな危険な魔導書じゃないと思うけど、頑張るよ？」

「では、明日からでよろしいですか？　朝、こちらに馬車をよこしましょう」

話が纏《まと》まったと見てアルヴィが笑顔でそんな提案をしたが、それを聞いたティスカは、困ったように声を上げる。

「ええっ⁉　さすがにそれは……ご近所の手前、ちょっと恥ずかしいかも？　家の場所、教えてくれないかなぁ？　普通に歩いて行くから」

「あ、歩きですか？　それは……」

貴族の屋敷《やしき》を訪ねるのに歩きはどうなのかと、自分の常識から戸惑いを見せたアルヴィだったが、リセが首を振るのを見て僅かに沈黙、受け入れた。

「……解《わか》りました。ティスカさんの気持ちを尊重します。では、代わりにこれをお持ちください。門番に見せれば入れるように伝えておきますので」

アルヴィが差し出したのは、一つの指輪。それを見たハイデンが瞠目《どうもく》して何か言いかけたが、アルヴィは手を上げてそれを遮った。

「あ、そうだよね。いきなり行っても入れないよね。ありがと！」

「い、いえ。それではお待ちしています」

嬉《うれ》しそうに指輪を受け取り、輝くような笑みを浮かべたティスカに、アルヴィは頬を染め、少し吃《ども》りつつもそう応える。もっとも、その笑顔が向けられていたのは、彼の向こうにある未知の魔導書に対してだったのだが。

◇　◇　◇

その日の朝、コール家の門番は戸惑っていた。

普段屋敷を訪れるのは、馬車に乗った貴族か出入りの業者。

仮に徒歩であったとしても、供を連れた身なりの良い人物である。

しかし今、軽い足取りで近付いてくる少女は、そのいずれにも当てはまらなかった。

それもそうだろう。パン屋の娘であるティスカの格好は、端的に言って普通。

最近は給料も出せるようになったが、決して羽振りが良いわけではなく、そもそも贅《ぜい》沢《たく》をするような性格でもない。これがパーティーにでも出向くのなら、また話は別なのだろうが、仕事に行くのに着飾るはずもなく、いつも通りの服装である。

ティスカの容姿も相まって、それはそれで普通に可愛《かわい》いが、門番が聞いていたのは思春期の少年というフィルターを通った情報。残念ながら少々歪《ゆが》んでいた。

「あの～、こちら、コール家のお屋敷で間違いないでしょうか？」

「あ、あぁ、そう――です。お名前は？」

大切なお客が来るとは聞いていたものの、それが目の前の少女なのか、門番は判断しかねていたが、丁寧に対応しておけば問題はないだろうと、言葉遣いを改める。

そして次の瞬間、彼はその決断をした自分を、心の中で絶賛した。

「ティスカです。あ、それから、こちらを」

「はっ。確認致しました！　すぐに連絡致しますので、少々お待ちください！」

差し出された指輪を見るなり、門番の背筋はピシリと伸び——そこからは早かった。

走ってやってきたアルヴィに屋敷の中に案内され、地下へと続く長い階段を下りた先にあったのは、ティスカの家がすっぽり入りそうなほどに広い書庫。

天井の高さはティスカの身長の二倍以上、壁を埋める本棚も同じだけの高さがあり、大きく空いた中央部分には、歴史を感じさせる重厚なテーブルが置かれていた。

「わわわっ、凄《すご》いっ！　こんなにたくさんの本が……」

「歴史のある家ですから。ティスカさんの興味を惹《ひ》くような本もあると思いますよ？」

「うん、うん！　時間さえあれば、いくらでも籠もっていたいぐらいだよ‼」

蔵書数だけを比べるなら、高等学校の図書館の方が多いだろう。

だがそれは、個人と比べるようなものではないだろうし、魔法に関する書物と限定するならば、いっそこの書庫の方がより多く存在するかもしれない。

「ティ、ティスカさんなら、いつ来て頂いても構いませんよ？　そ、それどころか——」

「あははっ、魅力的なお誘いだね。でも、まずはお仕事が先かな？　アルヴィ君、継承魔法の魔導書、見せてくれる？」

「うっ。そ、そうですよね。少し待っていてください。今持ってきますから」

ティスカの笑い声に言葉を遮られ、眉尻を下げたアルヴィだったが、すぐに気を取り直すと、書庫の奥にある扉へと向かい、その奥から大きな本を担《かつ》いで戻ってきた。

――そう、比喩ではなく、本当に担いで。

ドシンと置かれたその本は、普通の魔導書の四倍は大きく、ティスカよりも少し背が高いだけのアルヴィが持つと、下手をすれば潰されそうなほどの重量感がある。

「おぉー、随分と……大きな魔導書だね？　厚みもたっぷり」

ティスカは少し気圧《けお》されたように声を漏らし、アルヴィもまた深く頷く。

「はい。実はこれは上巻で、中巻、下巻もあるんですよね。コール家の初祖は、この魔導書を携えて戦場を駆け巡ったと伝えられています」

「ははは……それが本当なら、魔法の前に筋肉を鍛える必要がありそうだね」

「まったくです。僕ではとてもとても……」

鍛えられた兵士ならば可能だろうが、それが現実的かどうかは疑問が残る話で、ティスカとアルヴィは二人して笑ったが、アルヴィは少し慌てたように言葉を付け加える。

「あ、もちろん、僕も体を鍛えるつもりはありますよ？　男ですからね！」

「アルヴィ君は少し華奢《きゃしゃ》だもんね。可愛いとは思うけど」

　悪気なく率直な感想を口にしたティスカだったが、やはり気にしているのか、アルヴィは凹《へこ》んだように少し顔を俯《うつむ》かせ、上目遣いでティスカを窺《うかが》う。

「か、可愛い……男としては頼もしさが必要かと思うんですが、どうでしょうか？」

「え？　別に可愛くても良いんじゃない？　そもそもこの魔導書、実用的じゃないしね。明らかに権威付けというか、観賞用というか……持ち歩くことは考えられてないよね。普通に考えて、もっと小さく纏めることはできるだろうし……中を見ても良いかな？」

「……はい、どうぞ」

　残念ながら、ティスカの返答はアルヴィの期待したものではなかった。

　というよりも、明らかに彼は二の次、魔導書の方にだけ興味が向いている。

　そのことにアルヴィが肩を落としつつも許可を出せば、ティスカは嬉しそうに魔導書を自分の方へと引き寄せると、分厚い表紙を慎重に持ち上げた。

「うわっ、重っ。表紙だけでも――って、小口に凄い彫刻が。これ、すっごく読みにくくない？　せめて上下の小口にするぐらいの気遣いはして欲しかった！」

「そ、そうですね。でも真ん中で開くと、斜めになった左右の小口が見事なんですよ？」

「へぇ、そうなんだ……？」

言われるまま、ティスカが真ん中までページを飛ばすと、左側の小口には植物を、右側の小口には鳥を主題とした彫刻が浮かび上がった。

「あ、確かに凄い。芸術的……。でも、これを楽しめるのって、この見開き二ページを読んでるときだけだよね？　大半の時は揃《そろ》ってないよね？　この状態で飾るの？」

「ど、どうなんでしょう……」

「たぶん昔は、別の実用的な魔導書があったんだろうね。いくらなんでもこんな芸術品、戦場では持ち歩けないよ。内容的にも……そんな感じだし」

「えっ？　今、ちょっと見ただけで、そんなことが解るんですか？」

思わず聞き返したアルヴィに、ティスカが少し不機嫌そうな顔を向ける。

「アルヴィ君、私、専門家だよ？　リセが紹介するぐらいの実力はあるよ？」

「す、すみません。決してティスカさんを侮《あなど》っているわけじゃないんですが、当家には読める者が誰もいなかったもので……」

「あぁ、学校で習うことだけじゃ読めないか。大丈夫、専門家である私が保証するよ」

大きさや小口への彫刻を抜きにしても、使われている素材は魔法の補助に向いていないものだったし、呪文《スペル》もかなり冗長で読みやすく書かれている。魔法を使うための魔導書というより、継承魔法を勉強するための魔導書と考えた方がしっくりくるものだったが、ティスカからすれば、それはとてもありがたいことでもあった。

一番面倒な解析の手間が省けそうなのだ。必然、時間的余裕もできるわけで。

他の魔導書も読めるかもと、思わず表情を緩ませ「うふふ」と小さな笑い声を漏らす。

「ティスカさん……？」

「ん、なんでもないよ？　さてさて、私は早速仕事に掛かるけど、アルヴィ君は？」

ティスカは誤魔化すように、持ってきた鞄《かばん》からペンとインク、それに大量の紙を取り出してテーブルの上に並べると、傍《かたわ》らに立つアルヴィに視線を向けた。

「お付き合いしたいところですが、残念ながら僕もやらないといけないことが……」

すごく残念そうな顔を見せたアルヴィだったが、対するティスカの返答は軽かった。

「そっか。それじゃ、頑張って！」

それだけ言うと、アルヴィには目も向けず、凄い速さでペンを動かし始める。

だが、仕事であることを考えれば、それが正しい姿勢。

当然アルヴィは何も言えず、名残惜しげに書庫を後にしたのだった。

「――スカさん、ティスカさん？」

その数時間後、書庫にはティスカに呼び掛けるアルヴィの姿があった。

「ん～、これがこうなって……」

だが、ティスカの方はそれに気付かず、独り言を呟《つぶや》きながら魔導書を睨《にら》み付けている。

ページを指でなぞりつつ、「う～ん」と唸《うな》って、紙にガリガリとペンを走らせる。

更に何度かアルヴィの声が書庫に響くが、ティスカの耳には届かない。

「ティスカさん！」

「――ぇ？　あぁ、アルヴィ君、どうしたの？　何か用事？」

ついにしびれを切らしたアルヴィが肩に手を掛け、そこまでしてやっと顔を上げたティスカは、不思議そうに自分の肩に置かれた彼の手に目を向けた。

それに気付いたアルヴィは、少し慌てたように手を引いて言葉を続ける。

「用事というか……ティスカさん、もうお昼ですけど――」

「え、もうそんな時間？　お昼ご飯、持ってくるの忘れたや。一度帰らないと」

自分のお腹《なか》に手を当て、ティスカは少し慌ただしくペンやインクを片付け始めたが、それを遮るようにアルヴィが手を振って制止した。

「あ、いえ、こちらでご用意しましたので、よろしければご一緒しませんか？」

「良《い》いの？　――って、そう言えば御当主にご挨拶もしてなかったね。依頼者なのに」

「それは大丈夫です。依頼は一応、僕からということになりますし、両親は今、領地の方にいますので。この屋敷《やしき》にいるのは、僕と少数の使用人だけです」

「そうなんだ？　なら……大丈夫かな？　ご馳走《ちそう》になります」

貴族と同席しての食事は避けたいティスカだったが、アルヴィ一人だけなら気を遣う必要もないかと頷《うなず》けば、彼は嬉《うれ》しそうに手を差し出した。

「はい！　それでは行きましょう！」

ティスカが案内されたのは、屋敷の食堂ではなく、アルヴィの私室だった。

私室とは言っても、ティスカの部屋などとは比べものにならないほど広く、そこに置かれたテーブルは、二人で使うには十分すぎる大きさがあった。

「しょ、食堂だと、落ち着かないかと思いまして！　何十人も座れる広さですから!!」

ティスカが何か言ったわけではないのだが、言い訳するようにアルヴィが理由を説明すると、ティスカは少し考えて頷く。

「それは……そうかも？　これでもうちの食卓よりだいぶ大きいし……」

「で、ですよねっ！　さあ、さあ、ティスカさん、お席の方に！」

アルヴィは何度も頷きつつティスカに席を勧め、自らもその正面に座る。

そして間を置かず運ばれてきたのは、前菜から始まる立派なコース料理だった。

酒こそ含まれていないが昼食には重く、順番に提供されるため、時間も掛かる。

高等学校にはマナー講座もあったため、平民としては珍しく、ティスカもマナーは心得ていたが、そんな食事を楽しめるかは別問題。

「(そういえばリセって、いつも私たちに合わせてくれてるよね。貴族なのに)」

アルヴィとしては精一杯の持て成しなのだろうが、相手に対する理解が足りていない。

だが彼はそれに気付かず、自分は普通に食事を終えて、ティスカに声を掛けた。

「いかがでしたか？　うちの料理人の腕も、悪くないでしょう？」

「うん、美味《おい》しかった……よ？　ありがとう。でも、明日からは昼食を持ってくるね」

ティスカがお礼を言いつつも少し困ったように微笑《ほほえ》めば、自慢気に胸を張っていたアルヴィは目を丸くして、慌てたように口を開いた。

「えっ、何か気に入らないことが？　苦手な料理とかあるなら、言ってくだされば――」

「いやいや、そうじゃなくて。さすがに昼食に時間をかけすぎというか……」

ティスカの普段の昼食時間は三〇分未満。しかし今日は一時間を軽く超え、二時間ぐらいはかかっている。コース料理であれば、それぐらいは当然なのだろうが――

「毎日こんなことしてたら、時間が足りなくなるよ。明日からは自分でサンドイッチでも持ってきて一人で手早く食べるから、アルヴィ君は気にしなくて良いからね？」

「で、でしたら、うちの料理人が、もっと美味しいサンドイッチを──」

折角の機会を逃したくないアルヴィの不用意な発言に、ティスカの眉根が寄る。

「むっ。うちのパン屋のは美味しくないと言いたいのかな？」

「決してそのような⁉　ですが、食事を提供した翌日にもう要らないと言われて、別の物を食べているとなると、うちの料理人としては、その……」

「あー、出された料理がダメだった、みたいな感じになるのかな？」

「えっと、はい。そんな感じ……です」

実際のところ、貴族でもなんでもないティスカの行動に、それほどの意味はない。

貴族だったとしても、別の料理人を連れてきて料理を作らせるぐらいのことをしなければ、気にする必要もないのだが、アルヴィは視線を逸《そ》らし、曖昧に濁した。

「ですから、昼食はこちらで用意させてください」

「でも、昼食のためにわざわざ上に戻るのって、効率が──」

「場所は書庫でも良いので！　持っていきますから！」

「そこまで言うなら、別に良いけど……」

アルヴィの必死さに、内心ちょっと引きつつも、『貴族の料理人が作るサンドイッチ、うちのパン屋の参考になるかも？』とティスカは彼の提案を受け入れた。

「はい！　一緒に食事を摂《と》りましょう」

「でも、あんまり話とかできないよ？　食べながら作業してるかもしれないし」

「それは……はい。仕事は大事ですもんね」

アルヴィとしてはティスカと話せないのは残念だが、同じ場所で食事を摂るだけでも、まったく関われないよりは余程良いと、渋々ながらも同意する。

「うん、大事だよ。大人だからね。アルヴィ君は……もうお仕事してるの？」

「はい、簡単なものですが。今は成年式の準備です。自分で差配するのが習わしなので。誰を招待するか、関係性はどうなのか、なにが必要なのか、調べることが多くて」

「貴族はそうなんだ？　大変そうだね」

「はい。爺《じい》――ハイデンには少し頼っていますけどね」

「へぇ、頑張ってるんだね」

少しと表現したアルヴィだが、実務の多くはハイデンが担《にな》い、アルヴィはそれを承認しているだけ。コール家の当主も、未成年の子供に任せるほど無謀ではないのだ。

だが素直にそれを口にできないのは、未熟さから来る少年の見栄《みえ》というものだろう。

それもあってか、アルヴィは話題を変えるように別のことを口にする。

「と、ところでティスカさん。僕が渡した指輪は……」

その視線がティスカの手の辺りを彷徨《さまよ》うが、ティスカの方は不思議そうに首を傾《かし》げた。

「え？　鞄に入れてるよ？　万が一にもなくさないよう、紐《ひも》でしっかり縛ってね」

「そ、そうですか。……そうですよね」

「……？　そうだよ？」

何故《なぜ》か肩を落とすアルヴィにティスカは少し疑問を覚えたが、未知の魔導書に比べれば些細《ささい》な問題。『早く仕事を再開しないと！』と立ち上がった。

「それじゃ、もうちょっと頑張ろうかな。アルヴィ君、食事、ありがとね！」

笑顔で出て行くティスカの背中を見送り、アルヴィは深いため息をついた。


ティスカはとても有言実行だった。

昼食が届けられたときにお礼を言うだけで、それ以降は塩対応。

さすがに食事中は貴重な魔導書に触ったりしないが、自分で書き写した方は関係なく、左手にサンドイッチを持ちながら、右手のペンを手放すことはなかった。

隣に座ったアルヴィが話しかけても大半は生返事で、ほとんど会話にならない。

多少でも反応があるのは魔法の話と気付いてからは、その話題を振るようにしたアルヴィだが、それでも限度はあり、あまり無理に話しかけると邪険にされる。

だがそれも当然。ティスカの仕事は魔導書作り、アルヴィと食事をすることではない。

それ故、アルヴィも文句は言えず、昼食が終わるとあまり間を置かずに、肩を落として帰って行くという光景が連日繰り返された。

しかし、その甲斐《かい》もあって仕事は着実に進み、ティスカがホッとしたようにペンを置いたのは、彼女がコール家に通うようになって、僅か四日目のことだった。

「……うん、上巻については、こんなものかな？」

ティスカが書き上げた数十枚の紙を揃《そろ》えながら笑みを浮かべると、そろそろ作業が終わりそうだと見守っていたアルヴィが、嬉しそうに手を叩《たた》いた。

「おめでとうございます！　これで目的の魔導書は作れるんですよね？」

「そうだね。でも、できれば中巻と下巻も確認しておきたいんだよね。より良くするためのヒントが隠されているかもしれないし」

例えばティスカやリセが使う魔導書なら、なんの問題もない。

求められている継承魔法の機能を全て盛り込んだとしても、十全に使えるだろう。

だが、アルヴィだとどうなるか。負担を軽くできる方法があるならば、可能な限り採用したいし、そのためには継承魔法の全てを知っておきたい。

もちろん、未知の魔導書を読みたいという好奇心があることは決して否定できない――

いや、むしろそっちの方が大きいのだが、ティスカはそれを背後に隠し、アルヴィのためという理由を前面に押し出して、彼の瞳をじっと見る。

「中巻と下巻ですか……上巻はお見せするしかなかったわけですが、そちらの方は……。一応、当家の秘奥《ひおう》とも言える魔導書ですし」

アルヴィとしては読むこともできない魔導書だけに、ティスカに頼まれればいくらでも見せたいところだが、過去から他人に見せてはいけないと伝えられているもの。

簡単に受け入れることもできず、視線を彷徨わせて逡巡《しゅんじゅん》する。だが――

「そこをなんとか！　ダメ、かな……？」

ティスカはアルヴィにずいっと迫り、両手を合わせて潤んだ上目遣いで見つめる。

既にぐらぐら揺れていたアルヴィの心は、それであっさり倒れた。

「うぅっ……ティ、ティスカさんであれば、仕方ありません。でも、本当に特別ですよ？　本来この魔導書を見るためには――」

「やった！　ありがと、アルヴィ君！」

何か言いかけたアルヴィだったが、ティスカが歓声を上げて抱きついたことにより、その先が発せられることはなかった。

そしてティスカは、ただ無言で口をパクパクさせているアルヴィからすぐに離れると、彼の肩に手を置いてくるりと回れ右させ、その背中を押す。

「それじゃ、早く持ってきてね！　時間は有限だからね！」

「は、はい……持ってきます……」

どこかぼーっと、熱に浮かされたようなアルヴィは、ティスカに促されるまま書庫の奥へと向かい、中巻と下巻を持ち出してきたのだった。

Episode4

Mind

and

Difference

第四章
心意と相違

The Atelier of
Tailor-made Grimoires
Episode4
Mind and Difference

ティスカが工房に戻ったのは、最初にコール家へと赴いて、一三日目のことだった。

魔導書の解析にかかった時間は、正味一二日と半日。朝から日が落ちるまで、休まず働いていたことを考えると、かかった時間はかなり長いが、予定の範囲内でもある。

しかし、ティスカの実力を知るエルネからすれば、少し意外でもあった。

「ティスカ姉、ちょっと時間掛かった？」

その疑問を口にしたエルネに、ティスカはどこか嬉《うれ》しげにまくし立てた。

「それがね、聞いてよエルネ。問題の魔導書、実は上中下の三巻だったの！　それも全部内容が充実してて、しかもでっかくて重いの！　ページを捲《めく》るだけでも体力を消耗するほど。あれが普通のサイズだったら、もう何日か短縮できたね。うん」

それを聞いたエルネは、「へー、そうなんだ？　楽しめたんだね？」と、少し感心したように頷《うなず》いただけだったが、リセの反応は大きかった。

「ちょっと待ってください‼　ティスカさん、まさか三巻とも読んできたんですか？」

「うん！　あ、もちろん読むだけじゃなく、きっちり要約して書き写してきたよ！」

分厚い紙の束を取り出し、『仕事は忘れてないよ』とアピールするティスカだが、リセが引っ掛かったのは、当然ながらそんなことではなかった。

「私、上巻の閲覧を認めさせるだけで、それなりに骨を折ったんですが……」

リセがこの話を持っていった時、コール家が最初に提示した条件は、対象の魔法が載っているページをそのまま書き写し、それをティスカに見せることだった。

しかし、内容を理解せずに書き写した物の正確性には疑問があったし、必要な情報が含まれているかも不明。何よりティスカのモチベーションに問題が発生しそうだったので、リセはやや強引に交渉し、コール家の当主に上巻の公開を受け入れさせていた。

そのことを考えると、中巻と下巻を簡単に見せるとは思えなかったのだが——

「アルヴィ君に頑張って頼んだら、見せてくれたよ?」

こてんと首を傾げてそんなことを宣《のたま》ったティスカに、リセは内心慄《おのの》く。

魔法に関することとなると箍《たが》が外れがちなティスカ。しかも、男女問わず気安く接して距離が近いこともあり、高等学校時代にも惑わされた人は数知れず。

そんなティスカに頑張って頼まれれば、経験の浅いアルヴィなどイチコロだろう。

「それって、明らかに……。アルヴィ君、怒られるんじゃないでしょうか……?」

小さく呟《つぶや》き、アルヴィに少し同情したリセだったが、それも自業自得《じごうじとく》。

彼が怒られようとリセには関係のない話と、頭の隅に放り投げる。

「それよりリセ、お留守番、ありがと。仕事も手伝ってくれたんだって?」

「気にしなくて良いですよ。ただいるだけじゃ、なんのために来ているのか解《わか》りませんし、私も暇ですからね。簡単なことだけですけど」

「いえ、リセ先輩がいて助かりましたよ。あたしは魔法が使えないから、お客が来ても実演できないし、呪文《スペル》は書けても完成した魔導書のテストができないから」

エルネも魔導書の制作に必要な資格は一通り持っているし、ティスカほど技巧的ではないものの、それなりに高度な呪文《スペル》を書くことはできる。

しかしそれが本当に間違っていないのか、きちんと使える物なのか、実際に使って確かめなければ納品はできない。それを代わりに担《にな》ったのが、リセだった。

「他に報告することは……最近はツキさんが来てないこと？　もう十日《とおか》ぐらい」

「ツキさんが？　どうしたのかな？」

これまでは三日にあげずやってきていたツキが来ていない。なにかあったのかと、ティスカが不安になったその時、タイミングを計っていたかのように声が響いた。

「儂《わし》を呼んだかの？」

三人が振り返れば、開け放たれた扉から顔を覗《のぞ》かせたのは、今話題に出たツキだった。

その両手で持っているのは、パンが山盛りに積まれた籠。

そこから漂う焼きたてパンの良い匂《い》いが、部屋の中へと流れ込む。

彼女は今にも崩れそうなそれを、三人の間を抜けて慎重に運び、テーブルの上にゆっくり置くと、一息ついてソファーに腰を落ち着かせた。

「ツキさん、久しぶり……というか、これはまた、随分と……」

まるで、『しばらく来なかった分まで取り戻そう』とでもいうような大量のパンに、ティスカは目を丸くしたが、ツキは苦笑して首を振る。

「儂も一度にこんなには食えんわ。シビルから全員分持っていけと渡されたんじゃ」

「お母さんが？　そういえば、もうお昼の時間だね」

「あ、じゃあ、あたし、お茶を淹《い》れるね！」

「では、私はお皿の準備を。先日届けられた美味《おい》しいジャムを持ってきてるんです」

自分が動くより先に、息のあった様子でテキパキと準備を進めるエルネとリセ。

ティスカはそのことに、少しだけ疎外感のようなものを感じつつ、テーブルの上の書類を片付けると、ツキの前に座って彼女に話しかけた。

「ツキさん、しばらくご無沙汰だったみたいだけど、体調が悪かったとか……？」

「そうではないが、おぬしがおらんと、どうにも落ち着かん。エルネとリセの二人では、他人の家に来ておるようでの」

「……いや、私がいても他人の家だよね？」

少し眉根を寄せたティスカに、リセは不思議そうに小首を傾《かし》げる。

「何を言う。おぬしと儂は家族のようなものじゃろう？」

「いつの間にそうなった⁉」

「パンを儂に一生提供する関係。これは俗に言う扶養家族というものではないかの？」

「うぇぇ？　いつの間に、一生って話に⁉」

二倍食べても良いとは言ったし、いつまでと明確に期限は切っていなかったが、さすがに一生とまで言った記憶はなかった——それっぽいことは言っていたが。

「与えてやった知識の価値を考えよ。小柄な儂が食べるパンぐらい、安いものじゃろ？」

「ええ、でも……」

「よく考えよ。儂がここに来るということは、魔法の先達が身近にいるということ。この価値は計り知れぬぞ？　気分次第では質問に答えてやっても良いしの」

「確かに……。リセと違って、私って魔法使い的な人脈ってないし」

平民であるティスカに、著名な魔法使いの知り合いなど皆無。

書籍で知識を得ようにも、卒業生として高等学校の図書館を利用させてもらうか、自前で本を買い集めるか。しかし前者は、高等学校時代の三年間で大部分を確認済みだし、後者については資金的な問題で限界がある——しかも、かなり低い位置に。

だからこそ、高位の魔法使いと思われるツキとの繋《つな》がりは、ティスカにとって価値のあるものだったが、一生分のパンともなると簡単に決断できるはずもなく――

「じゃろう？　つまり儂らは、柔らかくも固い、パンという絆《きずな》で結ばれたわけじゃな」

「む。パンの絆……なら仕方ないかも？」

「ティスカ姉⁉　それは違うよ⁉」

なんだか納得しかけているティスカに、お茶を淹れていたエルネが慌てて振り返った。

「でも、パンの絆だし？」

「意味が解らない⁉　百歩譲ってパンの提供は良いにしても、家族は違うでしょ！」

「えー？　でもツキさんの背格好って、実は私好みだったり。妹的な？」

「あたしは⁉　あたしじゃ不満なの⁉」

「エルネって、私より背が高くてしっかり者だし、私より背が高いし。妹力《いもうとりょく》不足？」

「意味不明な能力値⁉　背丈？　背の高さで負けてたこと、気にしてたの⁉」

「ティスカさん、小さいですよ……人間的に」

エルネとリセの二人から呆《あき》れ顔《がお》を向けられ、ティスカは少し慌てたように手を振った。

「べ、別に気にしてないし？　あ、でもリセは良い感じだね！　妹力！」

「リセ先輩……」

さりげなく分断を図るティスカに驚愕《きょうがく》し、リセは目を見開いた。

「とばっちりです⁉　それ、私の方が背が低いからですよね！」

「いやいや、まさか、そんな……でも、リセの身長はもう伸びなくて良いと思う」

「酷《ひど》い呪いをかけられた気分ですよ⁉　それはツキさんで我慢してください」

ツキはソファーに体を預けた状態で、のんびりと三人の掛け合いを聞いていたが、急にお鉢が回ってきて数度瞬《まばた》き。体を起こして小さく笑った。

「いや、儂はおぬしらよりずっと年上なんじゃが……。まぁ、良い。子供の戯《ざ》れ言《ごと》を受け入れるぐらいの度量はあるからの。それよりもパンを食おうぞ」

「む、そうでした。折角淹れたお茶が冷めてしまいますね」

「ですね。折角の焼きたてパンも」

エルネがお茶の配膳を再開し、リセもまたジャムやお皿を並べてからソファーに腰を下ろすのを見て、ティスカも安堵《あんど》したように息を吐いてから、パンを手に取った。

そんな三人を見てツキは再度小さく笑い、自分もパンに手を伸ばしながら口を開いた。

「しかるにおぬしら、他に考えねばならぬことがあるのではないのか？」

「うん、まぁねぇ……あ、このジャム、本当に美味しい」

ティスカがジャムを塗ったパンを口にして目を丸くすると、リセは嬉しそうに微笑《ほほえ》む。

「ありがとうございます。実はうちで作った物なんです」

「へー、自家製なんだ？　凄《すご》くよくできてる。リセが作ったの？」

「あ、いえ、作ったのは、うちの領地の業者ですよ？」

更にジャムを塗りつつ尋ねたティスカだったが、リセの答えを聞いて動きを止めた。

うちの領地。平民にはとても言えない言葉である。

「先日、新物ができたと送られてきたんです。特産と言うほどには量がないんですが」

「同じ自家製でも、うちのパンとはレベルが違ったよ……。実は高い？」

「どうでしょう？　お店で売っていないのでなんとも言えませんが」

「つまり、セラヴェード家の御用達《ごようたし》のジャム⁉　リセが貴族に見えるよ……。しっかり食べとこ。滅多に食べられる物じゃないだろうし」

パンの上のジャムだけ味わい、もう一匙《さじ》載せるティスカ。

「また持ってきますよ？　でも貴族に見えるって……これまでどう見てたんです？」

「普通だよ？　ありのまま、等身大のリセを、私は見ています」

「そう言われると、聞こえが良いですね。——誤魔化されているようにも思えますが」

「まさか、まさか。身分を気にせず付き合ってくれるリセを、私は愛してるよ？」

「もう、臆面もなくそんな言葉を。……アルヴィ君相手に言ったりしてませんよね？」

もしかして、とリセがジト目を向けるが、ティスカはキョトンと目を瞬《しばたた》かせた。

「え、なんで？　アルヴィ君は大切なお客さんだけど、リセとは全然違うでしょ？　知り合いの誰も彼もに言ったりはしないよ。本当に好きな人だけ」

「その『好き』の範囲が広いのが、ティスカさんって気がするんですけど……」

　高等学校時代にも交友関係が広かったティスカのことを思い、リセはため息をつくが、それを取り成すようにエルネが口を挟む。

「これでもティスカ姉は相手を選んでますよ？　リセ先輩だって、そんなに言われたことないでしょう？」

「……そういえばそうでした。というか、初めて言われました」

「だって、これまではそこまで仲良くなかったし？」

　改めて思い出して少し目を丸くしたリセに、ティスカはあっさりそんなことを言う。

　リセとしては、高等学校時代もそれなりに仲が良かったと思っていただけに、喜んで良いのか、悲しむべきなのか、何とも複雑な表情になってしまう。

「ね？　ちなみにティスカ姉、このお茶もリセ先輩が持ってきてくれたんだよ？」

「そうなんだ？　言われてみれば、私が買うのよりずっと薫り高いかも？　さすが貴族」

「本当に解ってる？　たぶん、一桁は違うよ？」

「……もちろんだよ？」

と答えつつも、舐《な》めるようにお茶を飲み、微《かす》かに首を傾げて目を泳がせたティスカを見て、リセは気が抜けたように息を吐き、微笑ましそうに笑った。

「美味しく飲んで頂ければ、それで良いですよ？　一応、ジャムもお茶も、ここのパンに合うような物を選んできましたから」

「うん、凄く美味しい。それは間違いない！」

ティスカは笑顔で両手をポンと合わせ、「折角だから、もう一つ」と手を伸ばす。

「暢気《のんき》じゃのう。良いのか？　コール家の小僧のことは」

やや呆れたようなツキの言葉に、リセが片眉を少し上げた。

「ツキさん、よくご存じですね？　それなりに隠している情報なんですが」

「それなりじゃろ？　それこそそれなりに伝《つて》があれば、勝手に耳に入ってくるわ」

ツキは「くくっ」と笑い、「隠すことなど無理と解《わか》っておったろう？」とリセを見る。

「まぁ、当家に話が回ってきた時点で。でも、あまり広めないでくださいね？　ペリアプト魔導書工房にも迷惑がかかりかねませんから」

「心配せずとも、儂から広まることはないわ。こんな形《なり》でも隠居しとるからの」

意味ありげなツキの言葉にリセが渋面になるが、ツキは気にもせず言葉を続ける。

「それでティスカ、解析は完全に終わったのかの？」

「目的の魔法だけなら、ほぼ完全に。でも一箇所、どうしても解らないところがあるんだよ。二人の意見も聞かせてもらって良いかな？」

ティスカは積んでいた紙の束から、呪律《サブ・スペル》が書かれた紙を一枚抜きだし、それをエルネとリセに差し出すが、それを見た二人は眉間にぐぐっと皺《しわ》を寄せた。

「最近の魔法ならともかく、昔の魔法だと……ほとんど意味不明だよ……」

「エルネさんよりはマシでしょうが、私も似たようなものです。当家は昔の魔導書も所有していますが、それよりも最近の物を勉強してましたし」

それでも二人はティスカと共に額を付き合わせ、その紙を指さしながらあれやこれやと考察していたが、何年も古い魔導書を研究し続けているティスカでも理解できない内容なのだ。多少考えたぐらいで天啓が降りてくるはずもなく。

三人のお茶が冷めた頃、それまで黙って見ていたツキがニヤリと笑い、指を鳴らした。

「ティスカ、その部分、傾向としてはこの前、儂《わし》が実演してやったものじゃぞ？」

それで思い出すのは、ツキが使った火球の魔法。今のところ何の手掛かりもないあの手法と、目の前の呪律《サブ・スペル》が関連していると言われ、ティスカはポカンと口を開ける。

「あれとこれが？　……でも、この魔法になんで必要なの？」

「ま、その魔法に関しては必須ではないの。使えれば便利でも難度は上がるからの。じゃが、後半になるにつれ、似たような呪律《サブ・スペル》が多く出てこなかったかの？」

「う、うん。中巻と下巻はそのまま複写した部分も多いんだけど……」

「コール家の継承魔法は情報伝達系ということを思い出せば、解るのではないか？」

「……練習的な意味合い？　重要な呪律《サブ・スペル》だから、事前に慣れておくため？」

呪文《スペル》を理解できなくても魔法を発動できるのが、魔導書の利点である。

それは呪律《サブ・スペル》についても同様で、決まり通りに組み合わせて呪文《スペル》を構築すれば良い。

では、魔導書を使うと魔法が上達しないのかといえば、決してそんなことはない。

何度も使えば、より上手《うま》く魔法を発動できるようになるし、別の魔法でも同じ呪律《サブ・スペル》や、似たような呪律《サブ・スペル》が使われていれば、扱いに慣れるのも容易になる。

初歩の魔法に件《くだん》の呪律《サブ・スペル》が含まれているのは、つまりはそういうことなのだろう。

「ティスカさん、解ったんですか？　でしたら私にも教えて欲しいんですが」

「そうだよ、ティスカ姉。あたしだって、知りたい！」

「いや、解らないことが解った。ここはそっくり省いても問題ない感じ？」

そのうちしっかりと解析するにしても、今回の仕事に関しては取りあえず棚上げと、そう言ったティスカだが、リセは訝《いぶか》しげに眉を顰《ひそ》める。

「それだけですか？　なんだか、ツキさんと色々と解り合っていたみたいな——」

「ちなみにじゃが、その魔法、本来は式典の賑《にぎ》やかし用の魔法じゃぞ？」

リセを遮るように、ツキが差し挟んだ言葉に反応したのはエルネだった。

「え？　成年式で後継者の証《あかし》を立てるための魔法じゃなかったんですか？」

「それは後付けじゃな。本来はコール家の者なら使えて当然の魔法。昔は祝い事があればコール家が呼ばれ、派手に盛り上げたもんじゃが……最近はすっかりご無沙汰じゃの」

「あ！　なんか妙に装飾用の呪律《サブ・スペル》が多いと思ったら、それ⁉」

ティスカが聞いていたのは、火球を打ち上げて光と音を放つ魔法ということだったが、組み合わされている呪律《サブ・スペル》の機能は多様で、光の強さや色、形、音の大きさなど。

期待される効果に対してかなり冗長となっていて、少し悩んでいたのだ。

「単純な光と音だけ見ても面白くなかろう？　観客を楽しませるためには、変化が必要じゃ。もちろん、有事に備えて腕を磨いておく意味もあったじゃろうが」

「なるほど〜。それなら省いても大丈夫だね。十分に中等学校卒業レベルで収まる魔導書になりそう。呪律《サブ・スペル》の練習にはならないけど、今更だしね」

最初の魔法が使えないのだから、それ以降の魔法を使うための練習を含めたところで意味はない。必要であれば、また別に考えるべきことだろう。

「それじゃ、対象の魔法に関しては解析が終わったの？」

「検証は別途必要だけど、基本機能の解析だけはね。簡単に分けると四つ」

ティスカはエルネの問いに頷《うなず》きながら、指を四本立てる。

「火球を作る、打ち上げる、破裂させる、音を出す。呪律《サブ・スペル》はそれをアレンジする機能。そこを省いて最も単純な効果に固定、一つの呪文《スペル》に纏《まと》めてしまえば──」

「かなり使いやすい物になりそうです。それこそ、誰でも使えるぐらいに」

「でもこれ、火球を空高く上げるんですよね？　それなりに人を選ぶと思いますけど」

「あぁ、そうでした。射程の問題が発生しますね」

魔法を遠くまで届かせるためには、魔力量が必要になる。

高い制御力を持っていれば節約も可能だが、それも決して簡単なことではない。

「幸い、アルヴィ君は魔力が多かったからね。これで魔力が少なかったら、難しい仕事になったと思うけど、余裕はありそうだよ」

ティスカは『これは案外簡単に仕事が終わるかも？』とこっそり心躍らせる。

仕事が嫌なのではない。継承魔法の研究に手を付けられることが楽しみなのだ。

アルヴィの魔導書作りもそれはそれで楽しめるだろうが、魔法の効果は火球を作ったり、音を出したりと、ティスカがあまり興味を持てるようなものでもない。

しかし、より高度な魔法になれば、遠くまで声を届けたり、遠くの物を見たりなど、テイスカがこれまで知らなかった興味深い魔法が数多くあり、なによりツキから、彼女が実演して見せた魔法のヒントがあると言われている。

それを知ることができれば、エルネの問題も解決できるかもしれない。

そう考えたティスカの表情が図らずも崩れるが、それを見ていたツキが口を挟んだ。

「ならば、ちょいとアレンジを加えてやったらどうじゃ？　おぬしらにおんぶに抱っこ、これまでと同じ物を披露するだけでは、あの小僧とて情けなかろう」

「……そういうものかな？　リセ、どう思う？」

可能、不可能で言えば可能だが、実現には時間とコストが掛かる。

ティスカはその提案の必要性を考えて、リセに話を振った。

「そうですね。アルヴィ君が継承魔法が使えないことは、分家筋も含め、かなり知られています。だからこそ指導してくれと、私に声が掛かったのですが……それも失敗。抜け道的にティスカさんの手を借りたわけです」

「それで使った魔法が従来通りじゃ、周囲からどう見えるかは明白かぁ」

あまりにも比較がしやすく、後継者として劣っていることを喧伝《けんでん》するにも等しい。

しかし、まったく違う物を披露すればどうだろうか？

助けは借りたが高度な魔法を使えるとなれば、評価の方向性は定まりにくいだろう。

「そんなことも考えないといけないんだね、貴族は。じゃ、アレンジを求められても対応できるように準備を進めようかな？　——最終的に決めるのは本人だけど」

「そうですね。高度な魔導書を作った結果、使えなかったでは本末転倒です」

「だよね。それじゃ、これを食べ終わったら、そういう感じで進めていこう！」

またもやパンにジャムを追加しつつ、ティスカはそう宣言した。


魔導書の解析をした後に必要となるのは、検証である。

紙の上で調べた結果が本当に正しいのか、実際に使ってみて確認。

昔の複雑な呪文《スペル》を、より近代的な呪文《スペル》に落とし込んで確認。

更にはより使いやすく、コンパクトに書き換えた上での確認。

それぞれの段階でしっかり検証することで、進捗状況の把握も容易になる。

これを面倒がり、いきなり完成形の呪文《スペル》の記述を始めると、上手くいったときはまだしも、正常に機能しない場合はかなり困ることになる。

魔導書の制作に問題があったのか、発動に失敗しているだけなのか、呪文《スペル》にミスがあるのか、そもそも元の呪文《スペル》の解釈からして間違っているのか。

問題点を把握できず、見当違いな改良を重ねて時間を浪費することにもなりかねない。

それ故に、魔法の研究、魔導書の制作に於《お》いて、検証は不可欠な作業。

だが、検証をするためにも、必要な物はあるわけで――

「え、検証用紙が手に入らない？」

「うん。問屋さんに訊《き》いてみたけど、品切れなんだって。検証用インクも」

いずれも正式名称は別にあるのだが、呪文《スペル》の検証用に使われることが多いため、一般的には検証用紙や検証用インクと呼ばれている物。それらが手に入らなかったとエルネが報告してきたのは、ティスカが検証作業に入った翌日のことだった。

「残りが少ないから、今のうちに補充しておこうと思ったんだけど……」

「ありがと。でもなんでかな？　学校の入学時期とも違うよね……？」

学校の実習などでも使われるため、時には品薄になることもあるのだが、少なくともティスカが把握している限り、今はそういう時期ではなかった。

「大手魔導書工房が、魔導書の大規模改訂でも始めたんでしょうか？」

「その場合、検証用紙を大量に使うんですか？」

「ええ。大手だけに堅実で小幅な改訂が多いですが、それでも検証は必要です。ですが事前に判《わか》っていること、市場に影響が出るようなことはしないはずですが……」

改訂作業を始める前に少しずつ買い集めておく、問屋を通して工房に増産してもらうなどの対応を行い、問屋から商品が消えるような買い方をすることはない。

「まぁ、誰かがミスをして在庫をダメにした、なんてこともないとは言えませんが」

「あー、インクをぶちまけたりしたら、終わりだよねぇ。うちも気を付けないと」

特殊な紙であっても、所詮は紙。特に呪文《スペル》の記述に使うインクは特殊であり、少し付いただけでも検証作業に影響を与えかねず、その紙は使えなくなってしまう。

「ここはエルネさんが綺麗《きれい》に整頓されていますから、大丈夫じゃないですか？」

「うんうん。考えて配置してあるよね。助かってる」

「でも、検証用紙の確保に失敗したし……ゴメン、仕入れを任されてるのに」

「それは仕方ないって。幸いうちには調合機があるから、インクの方は作れるしね」

「あ、そう言うと思って、検証用インクの材料は買っておいたよ。少し多めに」

「さすがエルネ！　検証用紙の方も……なんとか足りるかな？」

少し表情を明るくしたエルネを、ティスカはやや大袈裟《おおげさ》に褒め、終わっていない検証作業と残っている検証用紙の数を頭の中で計算するが……結果はかなりギリギリ。

「……学生時代に使っていたのが、どこかに残ってたかも？」

「あたしも家を探してみる。無駄に買うほどのお金はなかったから、期待薄だけど」

「リセは――」

「一応、私はこの工房に所属してないのですが……」

「あっ、そうだったよ」

ハッとしたように口に手を当てたティスカに苦笑しつつ、リセは言葉を続ける。

「柵《しがらみ》もあるので直接的な支援は難しいですが、いざとなれば、こちらでも当たってみます。――ですが、この時期にそんな問題が起きた理由、気になりますね」

そう言ったリセは眉間に皺《しわ》を寄せて、顎に手を当てたのだった。

◇　◇　◇

「そんなもん、分家どもの妨害に決まっておろう?」

リセの疑問をあっさり喝破したのは、お昼のパンを食べに来たツキだった。

「本当ですか?　一応、それとなく警告はしているんですが……」

「数日前から動いておったぞ?　最初はここの魔導書に懐疑的だったようじゃが、ティスカのことを調べたり、解析が順調に進んでいることを知ったのじゃろうな」

「数日前から……セラヴェード家が舐《な》められているのでしょうか?」

リセは不快そうに顔を顰《しか》めたが、ツキはそんなリセにお茶を要求しつつ肩をすくめた。

「おぬしの家が本腰を入れることはないと、見抜かれておるのじゃろう」

「……ティスカさんやエルネさんに直接的な危害があるようなら、セラヴェード家は全力で守りますし、必要であれば戦いますよ？」

「そこまでじゃろ？　おぬしが大事なのはこの二人。コール家の方は安定さえすればそれで良《い》い。極論、アルヴィの小僧が後継者にならずともの。違《い》うか？」

お茶を淹れているリセを見ながら、ツキが鼻で笑う。

そんなツキの反応にリセは少しの沈黙を挟み、笑みを浮かべて口を開いた。

「アルヴィ君のことは応援してますよ？　魔法は苦手ですが、出来が悪いわけではありません。私が見る限り、少なくとも分家の人たちよりはマシです」

「そう、『マシ』程度。上手《うま》くいけば恩が売れる、失敗しても問題はない」

「否定はしませんが……人聞きが悪いです。仮にアルヴィ君が失敗しても、コール家の現当主の実力は本物です。分家もおそらく無茶はしないでしょう」

だがリセは内心、当初の予測よりも速い動きに、僅かな不安も感じていた。

それを理解してか、ツキはニヤリと笑って不吉なことを口にする。

「そのようなことを考えられる頭を持っているなら、良いのじゃがな？」

「えーっと……つまり、私たちが狙われる危険性があるの？」

「普通なら大丈夫じゃ。……ま、世の中には往々にして、普通じゃないヤツがおるから困るんじゃがなぁ。用心するに越したことはないじゃろうな」

「二人も一応気を付けて、何かあれば言ってください。対処しますから」

ツキとリセの二人から注意され、ティスカはふんふん、と普通に頷いただけだったが、エルネは少し考え込んで、眉を顰《ひそ》めながら口を開いた。

「もしかしたら、だけど、昨日の帰宅時、なんか知らない人に見られてたような……？　気のせいと思ってたんだけど、その話を聞くと」

「……エルネは可愛《かわい》いからね。男の子を虜《とりこ》にしちゃった、とか？」

冗談混じりのティスカの希望的観測に、三人は揃《そろ》ってため息をついた。

「なんでそうなる。この状況でその考え方は、楽観的すぎじゃろ」

「ティスカ姉、いくらなんでも……」

「エルネさんならあり得そうですけど、タイミング的には……」

「やっぱり？　でも何かするなら、エルネより私が先じゃないかなぁ？」

本気で言ったわけではないのだろう。

ティスカはすぐに自説を引っ込めたが、それはそれで疑問があると、三人を見る。

「私、この十日あまりは、朝夕の決まった時間に同じ道を通ってたんだよ？　でも、監視されてるとか、そんな気配は感じなかったんだけど」

「ティスカ姉、他人の視線には案外鈍いし」

「人気者でしたからね。見られていても気にしてないというか……」

「えー、そうかなぁ？　悪意ある視線にはそれなりに敏感なつもりなんだけど」

「そもそも、行き先も目的も判っているティスカを監視しても、意味がなかろう？　この工房の関係者の情報を得るのなら、エルネの方が都合が良い」

「あ、そっか。分家とかなら、コール家に行くことは知ってるよね、うん」

つまり、自分が鈍いわけじゃないと少し満足げなティスカに、ツキは意地悪く笑う。

「もちろん、実力行使に出るつもりなら、話は別じゃがの？」

「そのようなことは、ないと思いますが……」

後先を考えないのであれば、エルネやティスカを害することは効果的だ。

ティスカ並みの人材を新たに探し、継承魔法の解析と魔導書の制作をさせる。

不可能ではないにしても、成年式に間に合わせることはかなり難しい。

「おぬしの家がどこまで本気と思われているかじゃろう。得てしてそういうヤツらは、自分たちに都合良く考えがちじゃ。平民のことで動きはしないと思っておるかもな？」

ツキの測るような視線を受けて、リセは考え込んだ。

「見せしめに……いえ、さすがにエルネさんを見ていただけでは。他に何か理由を……」

小さく呟《つぶや》きながら、少し怖い目になって真剣に検討を始めたリセを宥《なだ》めるように、ティスカは軽く笑いながら、パタパタと手を振る。

「ガンを飛ばしただろうって？　あはは、それじゃこっちがチンピラだよ～。ん～、そうだね、エルネ、しばらくうちに泊まる？　朝はともかく、夜帰るときは心配だし」

「良いの？　それなら助かるけど……」

「うん。今は三人暮らしで、部屋は余ってるから。エルネが泊まっても大丈夫だよ」

「それなら、お願いしようかな？」

「もちろん。不謹慎かもしれないけど、ちょっと楽しみだね！」

ニコニコと嬉《うれ》しそうなティスカと、あからさまではないにしろ、やはり嬉しそうなエルネを見て疎外感を覚えたのか、リセが小さく「ちょっと羨ましいです」と呟いた。

「ん？　なんだったらリセも泊まる？　別に良いよ？」

ティスカの提案にリセがしばらく沈黙したが、やがてため息と共に首を振った。

「……魅力的ですが、無理でしょうね。一泊なら許可も出るかもしれませんが」

「わぉ。リセ、貴族っぽいよ？」

揶揄《からか》うようにそう言ったティスカに、リセは苦笑を返し、立ち上がった。

「だから貴族ですって。エルネさんは一度帰りますよね？　付き合いますよ。白昼堂々手を出すとは思いませんが、私と一緒にいるのを見れば、牽制《けんせい》にもなるでしょう」

「ありがとうございます。えっと、着替え以外に何がいるかな？　……食料？」

「いや、ご飯はちゃんと出すから。必要な物は大体あると思うけど……」

真面目な表情でそんなことを言うエルネに、ティスカはやや心外そうに首を振ったが、少し考えるように沈黙し、ニコリと笑って言葉を続けた。

「あ、寝不足になると困るから、お気に入りの毛布やぬいぐるみは持ってきてね？」

「あたし、そんなに子供じゃないよ!?　コスメとか、シャンプーとかそのへんでしょ！」

「その発想はなかった」

「「なんで!?」」

ポンと手を打ったティスカに、エルネとリセの声が揃う。

「ティスカ姉だって、多少は使ってるでしょ？　その肌艶で、何も使ってないとか――」

「使ってないよ？　あーゆーのって高いし。そんなお金があったら、魔導書を買う」

「冗談でしょ!?　あたしもお金はないけど、多少は買ってるよ!?」

「こ、この肌で何もしてないとか、貴族の社交界で口にしたら、刺されますよ？」

「ちょ、ちょっと二人とも、手つきと目つきが怖いよ!?」

二人してティスカに詰め寄って、そのほっぺをもちもちと玩《もてあそ》び、自分と比較して崩れ落ちるエルネとリセ。三人とも若く、大きな差はないのだが、頑張っている自分が何もしていないティスカに、僅かなりとも負けていたダメージは大きかった。

「ほっほっほ、若いのぅ」

そんな二人を見て、外見上は一番若いツキが笑う。その肌も外見相応に若々しさを保っていたが、リセはそれを少し恨めしげに見てから、振り切るように首を振った。

「……同列に並べるべき人じゃないですね。ティスカさん、本当に何もしていないんですか？　実は口に出せないようなお薬に手を出してるとか」

「どんなお薬⁉　いや、コスメは使ってないけど、何もしてないわけじゃないよ？　私、昔から治癒魔法を研究してて、自分を実験台にしてるというか……」

「その魔法、魔導書にして売り出すべきです！　絶対に売れます！　むしろ、私が最初に買います。是非もなく‼」

「リ、リセ、あ、圧が凄《すご》いんだけど⁉　そもそも不完全な魔法を表に出すのは……」

鼻がつくほどの距離に詰め寄るリセから、ティスカは慄《おのの》き身を引くが、リセはティスカを追い詰めるようにその分、ずいと近付く。

「私が実験台になります！　さぁ‼」

「か、考えておくよ、うん。近いうちに、きっと？」

「本当にお願いします。貴族の体面を保つのも大変なんですから。手を抜けば陰口を叩《たた》かれますし、髪だって自由に切れません。これでもかなり手間を掛けているんですよ？」

「あー、リセ先輩の髪、凄く綺麗《きれい》ですよね」

「そう言ってくれると、頑張っている甲斐《かい》もあります」

エルネの褒め言葉にリセは嬉しそうに微笑《ほほえ》むが、ティスカの髪をみて、「……ティスカさんには負けている気もしますけど」と再び目を三角にした。

「確かにティスカ姉の髪も綺麗だよね。ティスカ姉が髪を伸ばし始めたのが中等学校の頃で、治癒魔法の研究を始めたのもその頃……その髪もやっぱり？」

「う、うん、普通に洗ってるだけだけど……」

「それで全然パサパサしてないとか！　すごく、許されざる行為、です」

静かな言葉に含まれる本気。

それを感じたエルネが慌てて口を挟む。

「で、でも、メーム一門なら治療系の継承魔法もあるんじゃないんですか？」

「治療系が得意なのはテース一門ですからねぇ。一応、うちの一門にもありますけど、美容効果があるかどうか……あの家のご婦人方を思い出す限り、なさそうですね」

「な、なるほど……」

「あ、それで言ったら、私の魔法も本当に効果があるかは不明だよ？」

エルネが『実はリセ先輩もよく見ているんだな』と頷《うなず》くと、ティスカもちょうど良いとばかりに、リセの言葉に乗っかる——が、その言葉は少々迂闊《うかつ》すぎた。

「——ティスカさん？　なんの効果もなしに、そして手入れもせずに、その髪の潤いと肌艶と言ったら、戦争が起きますよ？」

「うん、ティスカ姉。あたしもさすがにそれはないと思う」

「儂《わし》も同感かのぅ。おぬし、確実に夜更《よふ》かしして研究しとるじゃろ？　そんな不摂生なやつが、自然にその状態は、さすがにないわい」

「……あぅ」

まだ不完全にしか解明できていない治癒魔法だけに、ティスカとしてはそれなりに本気だったのだが、リセとエルネばかりか、ツキにまで否定され、絶句する。

そして、ますます怖くなり始めたリセの視線と、リセほどではないにしろ、やはり羨ましそうなエルネの視線。そんな二人にティスカ一人で勝てるはずもなく——

「うぅ……解《わか》った、解ったから！　ちゃんと考えておくから‼」

叫ぶようにそう宣言すると、やや強引に二人の背中を押し、工房から追い出す。

「さあ、二人はさっさと行ってきて！　暗くなったら危ないんでしょ！」

◇　◇　◇

一度帰宅して泊まりの準備を終えたエルネは、足取りも軽く工房の階段を上っていた。

彼女が背負ったやや大きめの鞄《かばん》の中には、着替えなどの他に検証用紙が一束。

それによってずしりと重量感を増した鞄は、肩紐《かたひも》をエルネに食い込ませていたが、そのことが逆に彼女の足を弾ませる。

「ティスカ姉、喜んでくれるかな？」

『検証用紙なんて残っていない』。そう思っていたエルネだったが、泊まりの準備で押し入れを開けると、あやふやな記憶に何か引っ掛かるものを感じた。

それを頼りに大捜索、一番奥から見つけたのが一つの木箱。

「思い返してみれば、あの事故の前に、纏《まと》めて買ってたんだよね」

それは魔法が使えなくなったと知った日のこと。もう自分には必要ないと、記憶を封じ込めるように、そして諦めを付けるように、全てを詰め込んだのがその木箱だった。

それから一年以上。命懸けで助けてくれたティスカと、本来であれば生きてはいない自分。それを理解するにつれ、多少は心の整理もできた。

一時期はもう見たくないと思っていた道具類も、今となっては重要な商売道具。仕舞い込んでいた箱を、記憶から浮かび上がらせる余裕も生まれたのだろう。

「さて、勝手に上がって良いとは言われているけど、一言断りを——」

借りる部屋は既に聞いていたし、自由に使って良いと鍵も渡されていた。

それでも一応は挨拶をして、検証用紙も渡しておこう。

エルネはそう思い、ティスカの笑顔を思い浮かべながら工房へと向かったが、そこから漏れ聞こえてきた話し声に、思わず足を止め、息を潜ませた。

「——ツキさん、さっきは話を逸《そ》らしてくれて助かったよ～」

「現状では、あの呪律《サブ・スペル》にあまり興味を持たれるのも困ろう？　儂としても、教えてやった知識で知り合いが死んだなどと、聞きとうはないしの」

「うんうん。まずは私が試してからじゃないと。……できるのかな？」

「それはおぬし次第じゃろうな。じゃが、素質はあると思うぞ？　不完全とはいえ、あの治癒魔法を発動できて、生きておるのじゃから」

「お、おぅ……実は、発動して死ぬパターンもあったり？」

少し動揺したようなティスカの声に続き、深いため息が聞こえてくる。

「おぬし、なんで寝込んだと思っておる。幸いおぬしは、回復できるだけの魔力が残っておったが、そうでなければ目を覚ますことなどなかったろうな」

「そっかー。ちなみに、そろそろエルネの治療ができたりは？」

「その髪と瞳は警告じゃと言ったじゃろう？　本気で死ぬぞ？」

一切の冗談が含まれていないツキの口調に、エルネの心臓がドクンと跳ねた。


「あれ？」

既に出涸《でが》らしとなったポットを、カップの上で傾けていたティスカが動きを止めた。

「どうしたんじゃ？　儂はもういらんぞ？　客に出すなら、せめて茶葉を入れ替えよ」

「ツキさんは家族じゃなかったっけ？　――って、そうじゃなくて。何か聞こえた気がしたんだけど……気のせいかな？」

ポットをテーブルの上に戻し、蓋を開けて少し残念そうに中を覗《のぞ》いたティスカは、再度カップの上でポットを振り、僅かな滴も絞り出す。

「せこいことしとるのぅ。――エルネが帰ってきたのではないか？　あやつの家は知らんが、それぐらいの時間は経《た》ったじゃろう」

「や、だってこの茶葉、高いらしいし？　――確かにそろそろ帰ってくる時間だね」

ティスカはそう応え、冷めたお茶に口を付けたが、高級茶葉でも出涸らしは出涸らし。あまりに薄い味に微妙な表情になりつつも、一応は飲み干し、カップを置いた。

「あまり焦《あせ》らんことじゃ。儂もおぬしの才にはまぁまぁ期待しておる。つまらんことで失われるのは、少々もったいない」

「むっ。エルネの治療は、つまらないことじゃないよ？」

ティスカがやや不機嫌そうに口を歪《ゆが》めたが、ツキは軽く手を振って笑う。

「そうではない。『焦ること』が、つまらんことじゃ。おぬしなら、時間をかければできるじゃろう。下手なことをすれば、悲しむやつが増えるだけじゃぞ？」

「ご忠告、ありがと。覚えておくよ」

ツキの言葉に他意がないと感じてか、ティスカは真面目な表情で素直に頷く。

「次にあの魔法を使うのであれば、全て理解できてから使うべきじゃろうな。――ついでに言っておくが、詳細が不明な魔導書には危険な物もある。これに懲りたら、不完全な理解で使うのは止《や》めることじゃ。次は色が変わる程度で済まんかもしれんぞ？」

ツキはティスカの顔を見て、少し脅すように言葉を重ねたが、言われたティスカの方はぱちぱちと瞬《まばた》きすると、ツキの目をじっと見返した。

「そういえば、ツキさんの瞳も私の片目と同じ紅《くれない》だよね。実は……？」

「たわけ！　おぬしと一緒にするな。儂ならあの程度の魔法、十全に使えるわ‼」

「あぁ、やっぱりそうなんだ？」

「当然じゃ。が、使うつもりはないぞ？　目の前で死にかけておるなら助けてもやるが、そうではない。そんなものに対応しておっては、きりがないからの」

ツキが少し視線を鋭くするが、ティスカは重くなった空気を払うかのように手を振る。

「解ってるよ～。治癒魔法は裕福な貴族ぐらいしか頼めない。それが常識。そしてそれを変えることが、私の目標。ここでツキさんに頼んだら、私の軸がぶれる気がする」

「理解しておるなら良《い》い。おぬしとは、面倒な関係にはなりとうないからの」

「うん、私も。もっとも、リセやエルネが今死にかけたら、泣きつくと思うけど」

「不可能を可能にしろとは言わんし、儂も知り合いを助けてやるぐらいの度量はある。安易に頼るつもりがなければ、それで良い」

ティスカの言葉に満足げに頷いたツキは、「さて」と言って立ち上がる。

「儂はそろそろお暇《いとま》しようかの。ちょっとのんびりしすぎたわい」

「確かにいつもより遅いけど……ツキさんって、隠居して暇なんじゃないの？」

「隠居しておっても、本気で何もしておらねば穀潰《ごくつぶ》しと言われるではないか。それなりに上辺を飾ることも必要なんじゃよ。それっぽくな」

「へー、そうなんだ？　例えば？」

「うむ。お薦めは『顧問』とか、『相談役』とか、そんなのじゃな。たまに顔を見せておけば、それだけでなんとなく働いているように見える」

「おぉー、確かに！」

ニヤリと笑って言ったツキの言葉に、ティスカが諸手《もろて》を挙げて賛同。

ちょっといい気になったツキは更に付け加える。

「おまけに社会的ステータスも高く見える」

「凄《すご》い！　参考になる！」

うん、うんと頷くティスカだが、そもそも顧問や相談役として迎えられる人物は、相応の社会的ステータスがあり、招かれるだけの実力もあるということを忘れている。

そして往々にして、あえて働かなくても良いだけの財力や地位も保持しているのだ。

「うむ、それじゃ儂は、相談という名の雑談にでも、しばし興じてくるとしようかの」

鼻歌を漏らしながら帰って行くツキを見送った後、ティスカは三階へと向かった。

「さてさて〜、エルネは、帰ってきてるかな……？」

エルネに割り当てられたのは、ティスカの部屋のすぐ隣。

そちらに向かって歩いていると、微《かす》かな物音がティスカの耳に届いた。

「あ、帰ってきてるね。エルネ〜、いる〜？」

ティスカが扉をノックすると、エルネの少し慌てたような「は、は〜い」という声と共にドタバタという音が響き、扉が小さく開いてエルネが顔を覗かせた。

「お、お待たせ、ティスカ姉」

「いや、それは全然だけど……大丈夫？」

「大丈夫！　ちょっと驚いただけだから……」

そう言いつつも目を合わせないエルネに、ティスカは訝《いぶか》しげに眉を顰《ひそ》めた。

「……もしかして、ご両親に何か言われた？　年頃の娘が泊まりなんて、とか」

成人はしているが、エルネは未《いま》だ実家暮らし。

自分の娘が、しばらく家を空けるとか言い出したら、普通の親は心配する。

これは工房長として一言挨拶に行くべきかと、そんなことを考えたりしたティスカだが、言われたエルネの方は、不思議そうにキョトンと首を傾《かし》げた。

「え？　ううん、それは全然。ティスカ姉の所に泊まるって言ったら、『あぁ、そう。ご迷惑を掛けないようにね』と言われたぐらい？」

事実、許可を出すとも言えないほど、至極あっさりと受け入れられ、普通に送り出されてきたエルネである。いつもの出勤と違ったのは、自身の荷物が多かったことと、親から手土産を持たされたことぐらいだろう。

「そうなの？　それにしては――」

「あ、お野菜を持っていけって渡されたから、下でシビルさんに渡しておいたよ」

「そんな、気にしなくて良いのに。ありがと。使わせてもらうね。でも――」

「そ、それから！　これも見付けてきた」

ティスカの言葉を遮るように、エルネが突き出したのは厚みのある封筒。

押し付けられるようにそれを受け取ったティスカは、中を見て目を丸くした。

「これって……検証用紙⁉　こんなにどうしたの？」

「押し入れの奥に残ってた。ずっと前に買ってたやつ。これだけあれば大丈夫だよね？」

「これなら、安心して全部の検証ができるよ！　ありがとう！　すっごく助かる‼」

ティスカは封筒を抱きしめて嬉《うれ》しそうに微笑《ほほえ》み、エルネも釣られ表情を崩す。

「そう、なら良かった。――早速取りかかる？」

「うん！　できるだけ早く終わらせたいし！」

踵《きびす》を返しすぐに歩き出そうとしたティスカだったが、ハッと気付いたように蹈鞴《たたら》を踏んで足を止め、肩越しにエルネを振り返る。

「エルネは手伝いとかいる？　必要な物があったら言ってね？　用意するから」

「う、ううん。手伝いは大丈夫。ありがと。取りあえずは足りてる、かな？」

「解《わか》った！　それじゃ、夕食の時に！」

　ティスカが手を振って下へと向かい、エルネは安堵《あんど》の息を吐いて静かに扉を閉める。

　そして、その扉を背に寄りかかり、ゆっくりと床に腰を落として膝を抱えた。

「ティスカ姉は本当に、今の状況に不満はないの……？」

　自問するように呟《つぶや》かれた声は、少し寒々しい部屋で虚《うつ》ろに響いた。

◇　◇　◇

　エルネが提供した検証用紙により、魔導書制作の準備は整った。

　あとは詳細を決めるだけとコール家に赴こうとしたティスカだったが、それに待ったをかけたのはリセだった。曰《いわ》く『相手は馬車、安全のためにも工房に呼べば良い』。

　普通なら貴族に足を運ばせるなど、躊躇《ちゅうちょ》しそうなものだが、そこはリセ。遠慮なくアルヴィを呼びつけ、彼の方もなんだか嬉しそうに工房にやってきていた。

　アルヴィの付き添いは前回同様にハイデン。ペリアプト魔導書工房の方はティスカに加えてエルネが一人。リセは所用で今日は不在である。

「お久しぶりです、ティスカさん。お元気でしたか？」

「う、うん、元気だけど……まだ数日だよね？」

ティスカは『久しぶりかな？』と戸惑いを見せるが、アルヴィは大袈裟《おおげさ》に首を振った。

「いえ！　僕からすれば、十分に長かったです。この数日は空も曇って見えました」

「そ、そう？　最近は晴れ続きだったと思うけど……ま、良いか。今日は具体的にどんな魔導書にするかのお話なんだけど……魔法を解析した結果から話すね？」

暑苦しさすら感じるアルヴィのテンションに少し引きつつ、ティスカは本題を進める。

「あの魔法には光の色や形、音の大きさなど、様々な変化を付けられる機能があったよ。光と音だけの単純なものになるのは、何も考えずに使ったときだけみたい」

「そうなんですか？　なら、これまでの後継者も魔法が上手《うま》かったわけじゃ……」

アルヴィが、少しの喜びと安堵が混じったような声を漏らしたが――

「やらなかったのか、できなかったのかは、判《わか》らないけどね？」

ティスカの言葉で肩を落とし、「ですよね……」と呟く。

実力的にそうなってしまったのか、単純に前例に倣《なら》っただけなのか。

「でも、好都合と言えば、好都合だよ？　違いを出す余地が生まれたんだから」

「それは……？」

「確かに好都合ですね。ティスカ様の力を借りてもなお、これまでと同じことしかできなかったというのでは、坊ちゃまが侮《あなど》られることになりかねません」

アルヴィは顔に疑問を浮かべたが、ハイデンの言葉でハッとしたように頷《うなず》く。

「あ、そうですね！　……それは可能なんでしょうか？　僕の実力で」

「ある程度なら。それ相応の素材――つまり、お金は必要になるけど」

「お金に糸目は付けない、と言いたいところですが……」

言葉を濁したアルヴィがハイデンを窺《うかが》うと、彼は困ったように首を振った。

「さすがにそうはまいりません。素材の値段は青天井ですから」

「でしょうね。なので、まずはどんな変化を加えたいか決め、それに適した素材を書き出して、予算的に可能なのか相談しましょう。アルヴィ君はどんなのが良い？」

「どんなと言われても……決めにくいですね。ティスカさんのお薦めは……？」

「お薦め？　話題性優先なら形を変えるのが一番かな？　判りやすいでしょ？」

音が凄かったとか、高く上がったとか、話題にするには少々曖昧な要素である。

だが、光が何らかの模様を描いたとなれば、それは明確な差として表現しやすい。

「では、それでお願いします。具体的には、どんな感じになるんでしょうか？」

「光の粒と色で表現する感じかな？　丸く広がるとか、滝のように流れ落ちるとか……何かモチーフにしたい物はある？　絵じゃないから、イメージだけになるけど」

手をふわふわと動かしながら、なんとなくこんな感じと説明するティスカだが、彼女自身、効果を呪文《スペル》から読み取っただけで、実演したことがあるわけではない。

なので、詳しい説明は早々に諦めて話を進め、アルヴィもそれを理解してか、細かく突っ込むことはせずに考え込み——やがて意を決したように口を開いた。

「……それでしたら、赤いアルジェンタスの花にしてください」

「赤いアルジェンタス？　解った。頑張って、イメージできるような形にするね」

真剣な表情のアルヴィとは対照的に、ティスカは軽く頷いて壁際《かべぎわ》の本棚を眺める。

「——挿絵が載ってる本とかあったかな？」

普通の花であれば本物を探してくれれば良いのだろうが、アルジェンタスは栽培が難しい上に、白や黄色が一般的。必然、平民の家の庭に生えていたりはしないし、買ってくるにしてもそれなりに高価であり、気軽に手を出すことは難しい。

顎に指を当て、記憶を辿《たど》るように視線を動かすティスカを見て、アルヴィは拍子抜けした様子で小さく口を開けたが、少し慌てて言葉を付け加えた。

「は、花は僕がお贈りします！」

「あ、そう？　じゃあ、お願い。あとはどんな素材で魔導書を作るか。バランスも重要だけど、やっぱり良《い》い素材を使えば使うだけ、扱いやすくはなるんだよね」

ティスカは説明を口にしながら、素材の名前を紙に書き連ねていく。

そんな彼女に、アルヴィは少し落胆したように息をつくが、ティスカはそれに気付かず、一〇個あまりの名前を書いた後で一度見直し、うんと頷いた。

「値段を考えないと、大体こんな感じ、かな？　エルネ、何かある？」

「えっと……炎石《えんせき》は燐石《りんせき》の方が良くない？　あと、空竜《くうりゅう》の翼皮《よくひ》はさすがに……」

「これは理想だから。燐石についてはそのとおりだね。そっちにしておこう」

ティスカはエルネの提案を受け入れて炎石の上に二重線、燐石と書き直す。

そのリストを見たアルヴィは小さく頷くだけだったが、ハイデンの方は素材を一つ一つ確認するにつれ、段々と表情が引き攣《つ》っていった。

「これは……いくらなんでも、このままでは厳しいですね」

「そうなのか？　ハイデン？」

「ええ。エルネ様が仰《おっしゃ》った空竜の翼皮は当然として、白魚木《はくぎょぼく》も入手自体が難しいです」

その二つは問屋で簡単に買えるような物ではなく、確実に手に入れようと思えば、人を遣って集めるぐらいしか方法がない素材であった。当然ながら値段も相応で、それなりに裕福なコール家であっても、おいそれと出せるような金額ではない。

「そもそも今回の魔導書に使うには、些《いささ》かもったいないのでは――」

「ハイデン、失礼だぞ！」

ティスカの選定に異を唱えるような物言いに、アルヴィが声を荒らげたが、言われたティスカの方は朗らかに笑って、軽く手を振った。

「いえいえ、仰るとおりです。継続的に使う魔導書ならともかく、成年式以降にどれだけ使うか判らない魔導書としては、私も少々贅沢《ぜいたく》かと思います。なので――」

ティスカは一度言葉を切り、いくつかの素材の隣に別の名前を書き加えた。

「最初の物が理想、隣の素材が次善の物です。あとは掛けられるコストとアルヴィ君の希望との擦り合わせでしょうね。魔法の腕は変わらないでしょうし」

「……それはコスト次第で、花の出来が変わるということですか？　ティスカさん」

「そういうこと。造形に拘《こだわ》れば呪文《スペル》も複雑になるし、発動も難しくなる。失敗できない以上、ある程度の余裕は必要だから、場合によってはかなりみすぼらしい――アルジェンタスの花とはイメージできないものになるかも？」

「そ、それは困ります！　ハイデン、どうにかならないのか？」

「そのあたりはティスカ様とご相談させていただければ、と。ティスカ様、坊ちゃまの実力も踏まえ、どのぐらいが可能でしょうか？」

「そうですね、空竜の翼皮や白魚木は当然省くとして――」

「ティスカ姉、これとこれは、値段ほどには差がないから、安い方で良いんじゃない？」

「うん、それなら結構安くできるね」

それから四人は――正確に言うなら、素材の相場を知らないアルヴィを除いた三人は、予算とアルヴィの実力、そして魔法の完成形を想定して使用する素材を固めていく。

本来なら魔法を実演して、これならこの素材が必要という指標を示すべきなのだろうが、さすがにコール家の継承魔法を、ティスカがド派手に打ち上げるわけにもいかない。

曖昧なイメージでの話し合いは少々難航したが、基本方針は『予算内で作れる最も良い魔導書』であり、アルヴィたちにできるのは予算を示すだけ。詳細はティスカたちに任せるしかなく、結果、そこまで時間は掛からずに話は纏《まと》まった。

「うん、これなら花も表現できそう。あんまり綺麗《きれい》じゃなかったら、ゴメンね？」

「い、いえ、それは僕の実力不足と予算不足が原因でしょうし……可能な範囲で構わないので、できる限り良い物をお願いします」

「もちろん手を抜くつもりはまったくないよ。ただ、素材の手配はこれからだし、相場も変動するから、今話した魔導書が確約できないことは理解してね？」

「ええ、解っています。お金を出せない以上、こちらとしては何も言えません」

「ティスカ様、ご理解頂けているとは思いますが、最優先は成年式を成功裏に終わらせることです。坊ちゃまの実力に応じた魔導書の制作をお願い致します」

「当然です。その程度のこともできなければ、呪文設計士《スペル・ビルダー》を名乗れませんよ」

「それが可能なのは本当に一握りなのですが……ティスカ様の実力は想像以上でした。さすがはセラヴェード家が紹介するだけの方です。──もしよろしければ、その力を当家で振るうつもりはありませんか？　相応の待遇をお約束致しますが？」

「ハイデン!?　突然何を──？」

唐突にも思える勧誘の言葉に目を白黒させたのは、アルヴィとエルネ。

だが普通の魔法使いからすれば、貴族のお抱えとなることは成功者の証《あかし》ともいえる。

二人が息を呑《の》んでティスカを見つめたが、彼女はまったく迷うこともなく首を振ると、小さく微笑《ほほえ》んで、話は終わりとテーブル上の紙を纏めて立ち上がった。

「魅力的なお誘いですが、工房を興《おこ》したばかりですから。それでは完成したら、改めて連絡を──あ、そうだった。アルヴィ君に借りてた指輪、返しておかないと」

ティスカが指輪の入っている鞄《かばん》に目を向けるが、彼女の返答を聞いて残念そうにしていたアルヴィが、慌ててそれを制止する。

「それは持っていてください。また必要となるかもしれませんし……」

「そうかな？　もう魔導書を確認することはないと思うけど……まぁ、解《わか》ったよ」

少し首を傾《かし》げたティスカだったが、連絡するときに使うかも、と思い直して頷く。

「では、本日はお疲れさまでした。完成したら連絡しますね」

ティスカは改めてそう言うと、営業スマイルを浮かべたのだった。

◇　◇　◇

アルヴィたちが立ち去り、少し外が薄暗くなり始めた頃、リセが工房を訪れた。

普段なら帰宅している時間の訪問を不思議に思いながらも、ティスカが今日の結果を報告すると、リセは満足げに頷いて、抱えていた鞄をテーブルの上に置いた。

「では、上手くいきそうなんですね」

「そうだねぇ。素材の購入費用については、すぐにでも届けてくれるみたいだし……」

通常は魔導書と引き換えに支払いを受けるのだが、今回の素材は高価な物が多く、ペリアプト魔導書工房の現在の資金では購入が難しい。

故に材料費は先払い、報酬は後払いという形で話がついていた。

「ホッとしました。紹介した手前もありますし。――では、前祝いをしましょうか」

唐突な話の展開に理解が追いつかず、ティスカとエルネは揃《そろ》って首を傾けた。

「え？　まだ終わってないのにですか？」

「ええ。ティスカさんのことですから、呪文《スペル》の方はもう目処《めど》が付いているんですよね？　でしたら、あとは作るだけ。終わったようなものです」

「えぇ……？　今回の魔導書は、それなりに難しいんだよ？　前祝いは別に良いけど」

「良いんだ⁉」

笑顔で断言するリセに少し困惑気味のティスカだったが、前祝いにはあっさり同意したものだから、エルネが驚いたように目を白黒させた。

「エルネは反対？　それぐらいの余裕は十分にあると思うけど」

「反対ってわけじゃないけど……」

エルネから『何故《なぜ》？』と疑問を向けられたリセは、目を瞬《しばたた》かせて顔を逸《そ》らす。

「決して、仲良くお泊まりしている二人が羨ましかった、というわけではありません」

「なるほど、理解しました」

理由が解ればエルネも言葉を重ねることはなく、三人は工房を閉めてティスカの部屋へと移動、そこでささやかな祝宴を設けた。

メイン料理はティスカが用意、エルネは部屋の準備や配膳、そしてリセの持っていた鞄から出てきたのは、一本のボトルと木箱に入った高そうなチーズだった。

「あれ？　もしかしてお酒？」

「祝杯には必要かと、一本拝借してきました。弱い物ですけど。お二人はお酒は？」

「セラヴェード家のお酒……興味あります」

「あまり飲まないけど、弱くはないかな。パン作りには酒漬けの果物とかも使うから、昔から味見はしてたんだよね。――折角だし、ちょっと良いグラスを出そうか」

ティスカが出してきたのは、非常に透明度の高いガラスで作られたグラスだった。

全体に細かなカットが施され、光を反射して輝く様は明らかに高級そうで、そんな物を目の前に置かれたエルネは、少し怯《ひる》んだように身を引く。

「ティスカ姉……こんなに高そうなグラス、どうしたの？　使っても良いの？」

「大丈夫だよ、割ったりしなければ。うちの家に昔からある物なんだよね」

「そりゃ、割るつもりはないけど……」

事故が怖いんだよ、と思ったエルネだったが、高級品に慣れているリセは、あまり気にした様子もなくそのグラスを手に取った。

「随分と良い物ですね。これなら色も楽しめそうです」

満足そうに微笑んだリセがボトルを傾ければ、周囲に華やかで甘い香りが漂う。

グラスに注がれたのは琥珀《こはく》色の液体。その揺れる液面を通って反射する光は、空のグラスとはまた違った美しさで、エルネは思わず息を呑んだ。

「凄《すご》い……リセ先輩、これって？」

「一応は蜂蜜酒ですけど……果汁などもブレンドしてありますから、ほとんど酒精は含まれていません。成年していない子たちに提供される物ですが、味は良いですよ」

リセは自分も含めて三人分酒を注ぐと、グラスを持って笑顔で二人に促す。

「それでは……私たちの初めてのお泊まり会に、かんぱーい！」

「「乾杯～！」」

リセの掛け声に合わせ、ティスカとエルネも少しグラスを掲げると、三人揃って酒を一口、そのふくよかな味に顔を綻ばせる。

「美味《おい》しい……って、リセ先輩、本音が出てますよ？」

「良いじゃないですか。貴族の知り合いだと、こんな気軽なお茶会なんてできないんですから。今日だってお父様から泊まりの許可を取ってたら、遅くなっちゃいましたし……。代わりにお父様が仕舞い込んでいたチーズを頂いてきましたけど！」

「ええ？　良いんですか、それ？　きっと高いですよね？」

「良《い》いんです！　うだうだと私に無駄な時間を使わせたんですから！」

リセは鼻息も荒く、木箱から取り出したチーズを全て薄くスライスすると、それをティスカとエルネに取り分け、自分も一切れ食べて、満足そうにグラスを傾けた。

「なかなか美味しいですね。二人も遠慮せず、どうぞ？」

どうぞとは言われたが、エルネは少し気後れしたようにチーズを摘《つま》み、匂いを嗅ぐ。

「……うわぁ、なんか高級そうな匂いがする」

対してティスカは、普通にパクリ。頬を押さえて目を丸くした。

「すっごく味が深い！　これ、パンに混ぜたら美味しくなりそうだけど……うちじゃ売れない値段になるよね、絶対。——というか、リセ、泊まるんだ？」

もう一切れチーズに手を伸ばしながら、ティスカが確認するように尋ねると、リセは少し不安そうに眉尻を下げ、ティスカをじっと見た。

「ダメですか？」

「え？　ううん。許可が取れてるなら全然。お持て成しはできないけどね」

「普通で良いんです、普通で。この料理も美味しそうですし……頂いて良いですか？」

「食べて、食べて。遠慮せず。ごく普通の家庭料理だけどね」

急に前祝いと言われても、特別な料理が用意できるはずもなく、ティスカが作ったのは

少し品数が多いだけの、ごく普通の家庭料理。

リセが参加するようなパーティーとは比較にならず、豪華とも言えないが、リセからすれば、ティスカが作ってくれたことに価値があり、不満などあるはずもなかった。

「では、失礼して……」

迷うように並んだお皿を見回したリセは、その中から野菜がたっぷり入ったシンプルなスープを選択。嬉《うれ》しそうな表情で口に運んだのだが、直後、その動きを止めた。

そしてゆっくり味わうように飲み込むと、唖然《あぜん》とした表情をティスカへと向けた。

「ティスカさん、凄く美味しいんですけど……」

「あ、そのお野菜はエルネが持ってきてくれたんだよ。美味しいお野菜だよね」

ティスカは軽く応えたが、驚きを隠せないリセは、そんなものではないと首を振る。

「いえ、素材が良いのは否定しませんが、これはどう考えても料理の腕でしょう？　うちの料理長より上じゃないですか？　これって」

呆《あき》れすら混じったようなリセの言葉に、何故かエルネが自慢げに胸を張る。

「リセ先輩、驚きましたぁ？　ティスカ姉って実は凄く料理上手なんです。……ひっじょーに残念なことに、あんまり作ってくれないんだけどぉ」

「だって、お母さんがいるし。……やってたら、時間なくなるし？」

かなりの凝り性であるティスカは魔法だけではなく、料理についても研究熱心で、新作パンの開発でも力を発揮しているのだが、やはり比重は魔法の方が大きい。

結果、パン作りや料理に興味はあっても、それを日常的に作ることには興味がない――というより、研究に時間を使うため、そちらまで手が回っていなかった。

「つまり、ティスカさんの手料理は稀少《きしょう》ということですか。少し残念です。でも、これだけお料理が上手《うま》いと、ティスカさんは良いお嫁さんになれますね」

「料理の腕って、貴族でも関係あるんですぅ？　料理人がいそうな印象なんですけど……というか、さっきの話からしていますよねぇ、リセ先輩の家」

「いますが、お母様も料理しますよ？　味は料理長が上ですが、お父様が喜びますし」

「そういうものですか～。料理が上手かったら、良い相手と結婚できたり？」

少し赤い顔で、エルネがリセを窺《うかが》うが、リセは笑って首を振る。

「さすがにそれはないでしょうが、夫婦仲には寄与してそうですよ？　――そういえば、赤色のアルジェンタスを贈ることは、求婚の証《あかし》などと言われてますね」

「えぇ？　じゃあ、アルヴィ君がアルジェンタスの花を贈ると言ったのは……」

「あはは、エルネは夢見がちな少女だねぇ。あれは参考として送ってくるって話。花を贈るのとは全然別の話だよ～」

ティスカは手をパタパタ振って一笑に付すが、エルネは難しい表情で眉根を寄せる。

「でも、魔法もアルジェンタスの花をイメージしてって注文だし……」

「きっと、誰か意中の人に見せたいんじゃないかな？　男の子だよね」

「だからそれがティスカ姉だと――」

「ないない！　ねぇ、リセ？」

「それは、エルネさんの考えすぎかもしれませんが……」

「だよねぇ？」

リセの同意も受け、ティスカは我が意を得たりと頷《うなず》くが――

「でも、アルヴィ君がティスカさんに惹《ひ》かれているのは、間違いないかと？」

「えっ？」

「ほらぁ～。やっぱりぃ、やっぱりだよぉ～」

翻《ひるがえ》った言葉にティスカが唖然とし、エルネがペシペシとテーブルを叩《たた》いて、リセを指さしながらグラスを空ける。

「だから、そんなこと……って、エルネ、なんか変じゃない？　顔も赤いし」

「変じゃないよぉ～。それよりぃ、ティスカ姉《ね》ぇはどうなの～？　アルヴィ君、結構美少年だし、気分は悪くない感じだったりぃ？」

空になったグラスをトンと置き、ティスカに撓垂《しなだ》れ掛かるエルネ。

そんなエルネをティスカはやや困惑気味に押し返す。

「別に私は、全然そんな気は――って、これ、酔ってるよね？　どういうこと、リセ？　祝宴が酒宴になりそうなんだけど？」

ティスカから少し責めるような視線を向けられ、リセは困ったように瞬《まばた》きすると、自分のグラスの匂いを嗅ぎ、舐《な》めるようにして味わい、小首を傾ける。

「おかしいですね。中身は間違ってはないですよ？　普通の人なら少し気分が良くなるぐらいで、酔うことはないと思うんですけど……。現に私たちは普通ですし？」

「そうだよね？　これ、お酒と言うより蜂蜜ジュースだし。酒精は香り付け程度？」

「はい。これで酔うのは、とんでもなくお酒に弱い人ぐらい――そういえばエルネさん、さっきはお酒に強いとも、弱いとも言ってませんでしたね」

「……あ。『興味ある』としか言ってなかったね。もしかして、飲むの、初めて？」

そんな嫌な予想と共に、そろりとエルネを窺おうとしたティスカだったが、それより先にエルネが不満そうな声を上げた。

「ティスカ姉、あたしの話、聞いてない！」

ティスカの頭をガシッと摑《つか》み、ごりゅっと自分の方へと曲げるエルネ。

「痛たたっ！　エルネ、力、強いよ⁉」

「そんなことないの！」

「いや、あるよ⁉　変な音したし！」

「ちゃんと聞くの！」

「は、はい……」

身体能力は元々エルネの方が高い上に、ティスカも完全に回復したとは言えない。酔って力加減ができていないエルネに対抗できるはずもなく、首を曲げられた状態でエルネに見つめられながら、話を聞かされることになる。

「大体ティスカ姉は気を遣いすぎ！　この工房だって、あたしが魔法を使えなくなったから、作ったんだよね⁉」

「必ずしもそれだけじゃないけど……」

「でも、それもあるんだよね？　あたしが就職先に迷っていたから。確かに魔法を使えなくなったのは残念だったし、何日も泣いたけど――」

「やっぱりそうだよね……？　私が不完全な回復魔法を使ったから――」

俯《うつむ》きかけるティスカだったが、それはぐっと力の入ったエルネの手に阻止される。

「でもっ！　そもそも命が助かったのは、ティスカ姉のおかげなの！　ティスカ姉が危ない目に遭ってまで回復したいとか、全然思ってないの！」

「……別に、危ないことをするつもりはないよ？　私にできることをするだけで」

「嘘《うそ》だもん！　ツキさんと話してたもん！　次に治癒魔法を使ったら死んじゃうって!!」

「ほ、本当なんですか!?　ティスカさん！」

一瞬の迷いを指摘するエルネの強い声と、動揺も顕《あら》わに詰め寄ってくるリセに気圧《けお》されて仰《の》け反ったティスカは、両腕をパタパタと振りながら、慌てて言葉を重ねる。

「い、いや、それは今の体調で、理解が不完全な魔法を使うと危ないって話で……」

「では、その魔法さえ使わなければ問題ないんですね？」

「そうだよ、リセ。だから助けて」

ティスカの答えと懇願するような視線を受け止めたリセは、ホッとしたように息を吐くと――そのまま元の位置に戻って、座り直した。

「リセ!?」

「私にはできません。二人の間に割り込むなんてこと」

「それ、絶対面倒と思っているだけだよね！」

ティスカの追及にリセは答えず、ニコリと微笑《ほほえ》んで自分のグラスに酒を追加した。

「リセエエエ～～」

省くってだけで詳しく聞いてないけど、あれも危ないって！」

「むぅ〜。じゃあ、あれは？　今回の魔法を作るのに、あたしが理解できなかった呪律《サブ・スペル》。

「あ、あれはまた全然別の話で、そんなに危ない物じゃ――」

「じゃあ、話して」

「え？」

「あたしにも解《わか》るように、詳しく話して！」

据わった目でぐぐっと近付いてくるエルネから、ティスカは目を逸《そ》らす。

「それは……ちょっと……」

「やっぱり危ないんだぁ〜」

ティスカが言葉を濁せば、エルネは『やっぱり！』とばかりに顔を歪《ゆが》め、突き飛ばすようにしてティスカから手を離した。

「えほっ、こほっ！　エルネ、取りあえず落ち着いて、水でも飲んで……」

「あたしには水で十分ってこと？　ふーん、こっちを飲んじゃうもんね！」

胸元を押さえて小さく咳《せ》き込み、エルネを落ち着かせようとしたティスカだったが、エルネの方はそんなティスカの言葉に不機嫌になり、まだ酒が残っていたティスカのグラスを掴むと、それを一気に飲み干した。

「ぷはぁぁぁ～。ふぃぃぃ～。ホントはティスカ姉、こんな所で働く必要ないだもんねぇ」

「こんな所って……私が立ち上げたくて、立ち上げた魔導書工房なんだけど……？」

「でも、最初は就職することにしてた！　ティスカ姉は引く手数多《あまた》だもん！」

「それは、工房の経営に役立つかもと思ったから……正直に言えば、別に就職したかったわけじゃないんだよね。魔法の研究をする時間も減るだけだし」

「でもでも、ティスカ姉、あたしを治すために無理してる！」

「それだって、私の我《わ》が儘《まま》のようなもの。研究を頑張るのって、普通のことでしょ？　学生時代からやってたことだし……気にする必要はないんだよ？」

「嘘！　研究が目的なら、貴族のお抱えになったり、お金持ちと結婚した方が良《い》いんだもん！　絶対、楽で幸せな研究生活だもん！」

「いや、さすがにそれはエルネに決められたくないよ!?　もちろん、不足がないとは言わない。でも、理想とする工房を開設し、気の合う二人と一緒に働けて、そして研究する時間も取れている。私は今の生活が気に入ってる。これは私が選んだことだよ！」

今を否定するようなエルネの言葉に、ティスカは思わず強く言い返す。

その語気にエルネはびっくりしたように目を丸くしたが、すぐに顔を歪ませた。

「うっ。そ、そんな怖い顔しなくても……。うわ～ん！」

今度は突然泣き出し、ドンドンとテーブルを叩くエルネ。

その衝撃でグラスが跳ねてテーブルから落ちかけ、それを見たティスカが慌てて床にダイブ、グラスを抱きしめるようにして確保した。

家宝とまではいかずとも、それなりに大事なグラス。割らずに済んでティスカが安堵《あんど》の息を吐くと、それを見たエルネは更に激しく泣き出す。

「あ～ん、あたしよりグラスの方が大事なんだぁぁ！」

「いや、だって、割ったら怒られるし……。そもそも大事とか言われても、エルネに危険があったわけでも……意味が解らないよ……」

「ティスカさん、酔っ払いに道理を説いても無意味ですよ？」

「そんな正論、今は求めてない！　というか、リセ、ホントに助けて……」

一人平和にグラスを重ねていたリセに、ティスカは懇願するような視線を向けたが、リセは小さく笑って肩をすくめた。

「真面目に対応するからですよ。酔っ払いなんて子供みたいなもの。抱きしめて適当に頷いておけば、そのうち落ち着きますよ」

「そんなもの？」

「ええ。エルネさんはティスカさんに構って欲しいだけでしょうし」

ティスカは『なるほど』と頷いたが、残念ながらそう上手《うま》くはいかなかった。

「また、あたしを無視してるぅ～！　ティスカ姉なんて、もういいもん‼」

泣いている自分を放置して、ティスカとリセが話していたのが気に入らなかったのか、エルネは再度テーブルをバンと叩いて立ち上がったかと思うと、ティスカたちをむっと睨《にら》み、そのまま部屋から飛び出してしまった。

「……あら、失敗しましたね？」

「いや、そんな冷静に⁉　追いかけないと！」

あれ以降、エルネも怪しい視線は感じていないとのことだったが、それがなくても夜なのだ。冷静とは言えない年若い女が一人で歩くには少々危険が伴う。

だが、慌てて立ち上がったティスカを制するように、リセも立ち上がった。

「私が行きますよ。……なんだか、その方が良さそうな気がしますし」

「そう、かも？　お願いできる？」

論理的ではなかったが、エルネが口にしたのは彼女の本音でもあったのだろう。

それを感じたティスカは、今自分が行っても拗《こじ》れるかもと、リセに頭を下げた。

「ええ。エルネさんは……今日のところはうちに泊めますね。少し時間をおいた方が良いでしょうし。酔いが覚めても、あの醜態を思い出すと、さすがに……」

「うん、それは確かに。あれは絶対恥ずかしい」

自分があの醜態を晒《さら》してしまったら、丸一日はベッドで毛布を被《かぶ》っていることだろう。

その場に普通に連れ戻されるなど、羞恥心で身を焼かれる。

そう思ったティスカは深く頷《うなず》き、リセに窺《うかが》うように視線を向けた。

「でも大丈夫？　突然、連れて帰ったりして」

「来る分には問題ないですよ。泊まりに行くのは面倒ですけど。——さすがに男の子を連れて帰ったら、家中大騒ぎでしょうけどね」

「それはそうだろうね。ゴメン、迷惑を掛けるけど、お願い」

「任せてください。——でも、苦労して泊まりの許可を取ったのが無駄になりました。そのことはとても残念ですね？」

「うぅ……原因の半分以上は、リセの持ってきたお酒にありそうな気がするよ？　……けど妹の不始末、埋め合わせは今度する」

ティスカがどこか釈然としないながらもそう言えば、リセはニコリと微笑む。

「ええ、期待してます」

エルネはすぐに見つかった。元々の酒精が低かったこともあるのだろう。冷たい夜風に当たって酔いが覚めたのか、途方に暮れたように玄関で座り込んでいた。

「エルネさん？」

「うぅ……恥ずかしい。死んでしまいたいです」

先ほどとは別の理由で顔を赤くしたエルネは、か細い声を漏らして膝の間に頭を埋《うず》め、リセの声を遮るように両手で耳を塞いだ。

「確かに先ほどのエルネさんは、完全に分別のつかない子供でしたね」

「あうぅ……追い打ちですか、リセ先輩……」

塞いだところで聞こえてはいるようで、その耳まで真っ赤に染めたエルネは、恨めしげな声を上げながら更に頭を沈ませる。

「そういうわけではないのですが……まぁ、お酒の失敗は誰にでもあることですよ」

「……リセ先輩も？」

「いえ、私はないですけど」

「ただの気休めですかっ⁉」

少し元気の戻った声と共に、ガバッと顔を起こしたエルネを見て、リセは微笑む。

「私がお酒で失敗したら、本気で身の破滅ですからね？　これでも貴族の令嬢に分類されますし。お酒に呑《の》まれて変な男と結婚することになるとか、絶対に嫌ですから」

「あぁ、事実はどうあれ、男と一晩過ごしたとなると……それは失敗できないですね」

貴族とは体面を重んじるものである。下種《げす》に手込めにされたという事実より、婚約者と一夜を過ごしたという嘘を真実にしてしまう方を、選ぶことすらあるほどに。

「ええ。ですから、自分の許容量は知っておく必要があります。でもそれは、エルネさんもですよ？　今回は私たちだったから良かったですが……」

「ですねぇ。あたし自身、こんなに弱いなんて、思ってもいませんでした」

エルネは深くため息をつくと、ふと気付いたようにリセの顔を見る。

「そう考えると、よく泊まりの許可が出ましたね？」

「そこは頑張って、実力で勝ち取ってきました」

「実力で？」

「はい、腕力《実力》で。お父様が『行きたいならば、私を倒していけ』と言うものですから」

「本当に倒してきたんですか⁉」

エルネは唖然《あぜん》と目を見開くが、リセは平然と頷き、それを肯定した。

「でも、怪我《けが》はさせていませんよ？　働けなくなったら困りますから」

「うわぁ……、セラヴェード家って、思った以上に……」

「これでも貴族として、今まで残っている家ですからね。軟弱ではやっていけません」

「そうすると、セラヴェード家的にはアルヴィ君なんかは……？」

「結婚相手としてですか？　まぁ……問題外でしょうか。少なくともお父様は許さないでしょうね、一度……いえ、二度ぐらいは剝《む》けない限り」

そう言ってリセは小さく笑うと、「さて」と話を変えた。

「ここで話し続けるのもなんですし、取りあえずは私の家に行きましょうか」

「リセ先輩の家に、ですか？」

「だってエルネさん、戻れますか？　ティスカさんの所に。今すぐに」

現在、ティスカが一人寂しくお茶会の片付けをしているであろう三階を指さし、リセが確認すると、エルネは言葉に詰まり、下を向いて首を振った。

「無理です……」

「でしょ？　なので、一晩ほど時間を空けましょう。ティスカさんには伝えていますし、話したいことがあるなら私が聞いてあげますから。これでも先輩ですからね」

「……ありがとうございます。リセ先輩、お世話になります」

胸に手を置いて優しげに微笑《ほほえ》んだリセに、エルネは少し潤んだ瞳で頭を下げた。

セラヴェード家の屋敷《やしき》は、工房からさほど遠くない場所にあった。

貴族の屋敷が並ぶエリアの一角にズドンと現れたその建物は、一応は元貴族であるエルネと、現時点で貴族であるリセとの立場の差を視覚に訴えかけている。

「想像以上に……大きいですね」

「昔は上位の貴族だったそうですから。その名残ですね。どうぞ、入ってください」

リセは門番に声を掛けて門を開けさせると、気後れしたようなエルネを促す。

「この広いお屋敷を、きちんと受け継いでいることが凄《すご》いんですけど……」

「昔に比べて地位を落としているのですから、自慢にはなりませんよ」

二人が屋敷に入ると、そこでは待ち構えるかのように、髪に白い物が交じり始めた一人の男が立っていた。彼は二人の姿を認めると、恭《うやうや》しく頭を下げて口を開く。

「これはお嬢様、今日はご友人の所にお泊まりになると、嬉《うれ》しそうにお出かけになったと思いましたが……。無神経なことでも口にして、喧嘩《けんか》になりましたか？」

「オスカー、あなた、私をなんだと思っているんですか？　別に喧嘩はしていません。理由は……今は良いでしょう。今日はこちらのエルネさんをうちにお泊めします」

リセが少し言葉を濁してそう伝えると、オスカーはややわざとらしいぐらいに目を見開き、驚きを顕《あら》わにした。

「なんと！　まさかお嬢様がご友人をお連れになるなんて⁉　今晩はお祝いですね！」

「だから、オスカー、私をなんだと……まぁ、あなたに言うだけ無駄でしたね。お父様にはあなたから伝えておいてください。お祝いをしたいなら、一人でどうぞ」

ため息と諦めを共に吐き出したリセだったが、オスカーはそんなリセを見ても、しれっとしたもので、何やらグラスを傾けるような仕草をしながら応える。

「では、祝杯を挙げ、記念日として日記に記しておきましょう。ちなみに旦那様は、お嬢様に倒されたことで寝込んでおられますが、お見舞いに向かわれますか？」

「不要です。どうせ格好だけです。お母様に看病されて喜んでいるんですよね？」

「ご明察です。仕事が終わっていなければ、ベッドから蹴り出しているところですね」

不遜なことを口にしたオスカーだが、リセもそれを受けて平然と頷く。

「面倒なので、明日《あした》まではそのままでいて欲しいところですが……オスカー、もしお父様が私の部屋に来ようとしたら、実力で止めてください。私が許可します」

「かしこまりました。そのときは格好だけではなく、実態を伴わせせましょう」

オスカーが獰猛《どうもう》さすら感じさせる笑みを浮かべて拳を握れば、その腕が一回り膨れ上がり、ミシリという音が響く。それを見たエルネの顔が若干引き攣《つ》ったが、リセはやはり平然としたもので、ふむと頷く。

「仕事に影響が出ないよう加減してくださいね？　それから、お風呂《ふろ》は入れますか？」

「はい、問題ありません。入られますか？」

「ええ。エルネさんは……着替えがありませんでしたね」

「は、はい。さすがに戻って取ってくることは……」

ティスカと鉢合わせしては非常に気まずいと言外に言うエルネに、リセも理解を示す。

「では、私の物を適当に……って、入りませんか」

胸や腰回りはリセの方が若干豊かなのだが、身長に関してはエルネの方が高く、その差は歴然。見比べるまでもない事実に、リセが困ったように眉尻を下げたが、そこに笑顔のオスカーが口を挟んだ。

「ご安心ください。気の早い奥様がお嬢様のために用意した物があります。残念ながら無駄になりそうですし、ちょうど良かったかもしれません」

「無駄になりそうって……まだ伸びる可能性も――」

「お嬢様、現実を直視してください。お嬢様の身長は去年から変わっておりません」

「………。では、それを用意しておいてください。エルネさん、行きましょう」

オスカーから否定できない事実を突き付けられ、反論の言葉を失ったリセは、エルネの手を取ると風呂場に向かって歩き出した。

セラヴェード家の風呂場は、その屋敷に相応《ふさわ》しい大きさであった。

脱衣所だけでもティスカの部屋よりも広く、浴槽は一〇人ぐらいなら足を伸ばして浸《つ》かれそうなほど。

当然、リセとエルネの二人だけなら言うまでもなく――。

「それでは入りましょうか。脱いだ物はそちらの籠に入れておいてください。うちのメイドが明日までには洗ってくれますから」

「はい――って、リセ先輩と一緒に入るんですか⁉」

自分の隣で普通に服を脱ぎ始めたリセに、エルネが驚いたように目を瞠《みは》るが、リセの方は不思議そうに小首を傾《かし》げた。

「その方が早いですし。何か問題でも？」

「問題というか……恥ずかしくないですか？」

「別に私は。エルネさんも、ティスカさんとは一緒に入っていますよね？」

「は、入ってないです！　それに、ティスカ姉の家のお風呂は、二人で入るには少し狭いので……入れないこともないですけど……」

「では問題ないですね。うちのお風呂は、私たち二人なら十分に入れます」

「確かに十二分に大きいですけどっ！　そうじゃなくて……」

「お風呂なら、リラックスしてお話しできるかと思ったんですが……ダメですか？」

「う……ダメじゃ、ないです」

少し悲しげに眉尻を下げたリセに問われると、自分のことを考えてくれていると理解しているだけに、エルネも拒否はできず、戸惑いつつも頷《うなず》いた。

「じゃあ問題ないですね。実はこういうのも少し憧れてたんです。ティスカさんの家では無理だったようですし、うちにエルネさんを連れてきた甲斐《かい》もあるというものです」

一転、笑顔になったリセが裸になって浴室に向かい、エルネも少し恥ずかしそうに胸元を隠しながら後に続いたが、一度入ってしまえば気にならなくなったのだろう。

仲良く並んで体を洗うと、二人は隣り合って湯船に浸かった。

「ふぅ〜、気持ちいいです。なんか、良《い》い匂いもしますし」

「バスハーブですね。気持ちを落ち着かせる物のようですが……いつの間に入れたんでしょう？　うちのメイドも侮《あなど》れませんね」

「普段は入れないんですか？」

「入れることもありますが、これはついさっき、おそらくは私がオスカーと話している間に入れたのでしょうね。私が急にエルネさんを連れ帰ってきたから、でしょうか」

普段から堅実な行動を心がけ、あまり衝動的には動かないリセが、突然同年代の女の子を連れて予定外に戻ってきた。そこに何らかの事情があると考えるのは必然だろう。

「訳ありと思われたわけですか。……間違ってませんけど」

エルネは優しくも爽やかな香りを大きく吸い込み、ゆっくりと吐いて表情を緩めた。

「少しは落ち着きましたか？　もし吐き出したいことがあるならお聞きしますし、求めるなら、第三者として冷静なアドバイスもしますよ？　これでも学生会長として色々な問題を解決してきた実績がありますから」

リセは顎をつんと上げ、胸に手を当てて宣言する。

それを見たエルネは小さく笑い、一度息を吐いて口を開いた。

「そうですね、リセ先輩には話しておいた方が良いかもしれません。――リセ先輩はあたしたちのこと、どれぐらい知っていますか？」

「高等学校に入って以降であれば、ある程度は。ティスカさんには一年の時にいきなり負けて、それ以降注目していましたから。必然、仲の良いエルネさんにも」

「そうですか。でも実は、ティスカ姉と最初に仲良くなったのは、あたしじゃなくて、あたしの姉のサーラだったんです」

「エルネさんの姉？　それはティスカさんみたいな自称姉ではなくて？」

少し悪戯《いたずら》っぽく笑ってそう尋ねたリセだったが、エルネは小さく首を振る。

「はい、実の姉が――いました。中等学校の時に病死しましたが」

「それは……ご愁傷様です」

エルネが寂しく笑い、リセは一瞬言葉を失うが、すぐに表情を改めて頭を下げた。

「いえ、もう何年も前のことですから。ただこの姉が、あたしが言うのもなんですが、凄いシスコンでして。ティスカ姉にあたしの自慢をしまくったんですよね。知り合いをして、『あれは洗脳に近い』と言わしめたほどに」

「な、なるほど……？」

苦笑と共にエルネが話し始めたその内容は少々予想外で、リセは困惑を顔に浮かべながらも、まずは話を聞こうと相づちを打つ。

「結果、ティスカ姉は初めて会ったときからあたしに好意的でしたし、今もあたしを妹のように扱ってくれます。——姉が亡《な》くなってからもずっと」

「えっと……それは良い話、ですよね？」

普通ならば喜ぶべきことだろうに、どこか苦みの混じるエルネの表情を見て、リセは確認するように聞き返したが、エルネの答えはどこか含みのあるものだった。

「そうですね、あたしにとっては。でも時に思うんです。姉のあの行動は、自分の死期を悟っていたからじゃないかと。あたしの保護者を作るための行動じゃなかったかと」

「保護者って……同い年の女の子を、ですか？」

「あの頃もティスカ姉は、ティスカ姉でしたから」

妙に納得できるエルネの言葉に、リセは「あぁ」と頷く。

「うちは母も亡くなっていますし、あの頃の父は今より忙しかったですから、あれが姉にできる精一杯の行動だったのかもしれません。実際、正しかったわけですし」

「確かにティスカさんなら、保護者として頼もしい――頼もしいですか？　ある面では大人顔負けであることは認めますが、少々偏りが大きいような……？」

納得しかけたリセだったが、『少し違うような？』と思い直し、眉根を寄せる。

「でも、間違いなく天才ですよね？　魔法に関して言えば。うちも元魔法系貴族ですし、姉からすればティスカ姉が頼もしく見えたんじゃないでしょうか？」

「つまりサーラさんは、エルネさんをティスカさんに託したと？　とても友情に篤《あつ》い、良い話じゃないですか。何か気にすることがありますか？」

「そうでしょうか？　姉が『洗脳に近い』と言われるようなことをしていても？」

しかし、不安げなエルネの視線を吹き飛ばすように、リセは笑った。

「ティスカさんが洗脳されるような玉ですか。第一印象ぐらいは変わるでしょうが、何年も付き合った今でも妹扱いしている時点で、答えは出ていると思いますよ？」

「でも、あたしたち姉妹に関わって、ティスカ姉の進路はかなり曲がってしまっています。

ティスカ姉は元々魔法の研究をしていましたが、治癒魔法に強く傾倒するようになったのは姉が亡くなって以降なんですよ？」

「……友人を亡くせば、そのぐらいの変化は普通では？」

フォローするようにリセが口を挟むが、エルネは首を振って更に言葉を続ける。

「あたしが怪我《けが》したことでティスカ姉は後遺症を抱え、更には魔導書工房も立ち上げました。あたしがいなければ、アルヴィ君と結婚することも躊躇《ちゅうちょ》しなかったかもしれません。ずっと迷惑をかけっぱなし。あたしたちに関わらなければティスカ姉はもっと——」

ばしゃんっ！

「わっぷっ!?　リセ先輩!?」

沈み込み始めたエルネの思考を遮るように、リセがその顔にお風呂の湯を掛けた。

「こらこら、エルネさん、色々と飛躍していますよ？　ちょっと落ち着いて」

「い、いきなりお湯を掛けるなんて——」

ばしゃ、ばしゃんっ‼

「ちょ、リセ先輩！　おち、落ち着いてます——ってぇ！　えいっ、えいっ！」

ぱしゃ、ぱしゃ、ぱしゃ！

「うぷっ！　やりますね、エルネさん。ですが——っ！」

リセが顔を背けつつ小さく詠唱して手を動かすと、風呂《ふろ》の湯が盛り上がり――。

さばーんっ！

「ま、魔法を使うなんてズルいです！」

大きな波を被《かぶ》り、頭からずぶ濡《ぬ》れになったエルネが頬を膨らませて抗議するが、それを見たリセはニコリと笑うと、立ち上がって湯船の縁に腰掛けた。

「ちょっとはマシな顔になりましたね。暗い顔をしていては、暗い考えが浮かぶだけですよ？　折角一緒にお風呂に入っているんですから、楽しまないと」

「それがお湯の掛け合いですか？　も～、子供じゃないんですから」

文句を言いつつも、エルネは笑みを漏らし、湯船の縁に頭を預けて瞳を閉じた。

「まず伺いますが、ここ最近のティスカさんは辛《つら》そうでしたか？」

エルネの瞼《まぶた》の裏に浮かぶのは、パンについて語っているティスカ、パンを食べているティスカ、呪文《スペル》を書いているティスカ、魔導書を作っているティスカ。魔導書工房としては少々パンの割合が多い気もするが、そのいずれの光景でもティスカは笑顔だった。

「……いえ。体力が落ちたことで少し苦労していましたが、楽しそうでした」

「ええ、私にもそう見えました。少なくとも大手魔導書工房に勤めていた頃の私と比べれば、何倍も楽しそうに仕事しています。羨ましいほどに」

「ティスカ姉からすれば、趣味を仕事にしたようなものですし、楽しいんでしょうね」

「解《わか》っているじゃないですか。私も楽しんで仕事をしたいものです。……いつになったら誘ってくれるんでしょう？　待っているんですが」

「ははは、タイミングが難しいんでしょうね」

「それにしても……。私はエルネさんにも期待しているんですけどね？」

少しだけ詰《なじ》るような口調で言われ、エルネは困ったように正論を口にする。

「援護はしますけど……。むしろリセ先輩から言えば良いのでは？」

「それは負けたみたいで嫌です。ティスカさんから、私の力が必要と言って欲しいです」

「リセ先輩も意地っ張りですねぇ」

「だって、高等学校時代には一度も勝てなかったんですよ？　これが最後の機会だと思いませんか？　同じ工房の仲間になると、競うより協力する関係になりますし」

「はぁ、それで自分の有能さを見せつけていると？」

「そんなところです」

深く頷き、肯定するリセを見て、エルネは『でも、ティスカ姉が誘わないのは、その有能さが原因なんだけどなぁ』と複雑な気持ちになる。

ある程度の利益は出るようになり、エルネも給料を貰《もら》えるようになったが、更にもう一人分、しかもリセの能力に見合った額となると少々厳しい。

——もっとも現時点で、無給でリセを働かせているようなものなので、それはそれでどうなのかという問題もあるのだが。

「まぁ、さすがにティスカ姉も、そろそろ考えると思いますけど。……それがリセ先輩の期待するものになるか、あたしには判《わか》りませんが」

一瞬、表情を明るくしたリセだったが、付け加えられた言葉に一転、不安そうに眉尻を下げた。だが、今はエルネのことと、気を取り直して話を本題に戻す。

「そもそも工房は復活させるつもりだったんですよね？　多少の予定変更ぐらい、生きていればよくある話。治癒魔法の件にしても、曖昧な目標が定まった良い機会だったとも言えます。——サーラさんを亡くしたエルネさんからすれば、不本意かもしれませんが」

「それは気にしないでください。悪い影響を与えたと言われるより、余程……」

「そうですか。アルヴィ君については、そもそも結婚したい相手かという問題が……顔は良くても頼りないですし、ティスカさんに相応《ふさわ》しいかは」

リセのティスカに対する妙に高い評価と、アルヴィに対する容赦のない評価。

対してエルネも「それはありますね」と、平然と頷くが「でも」と言葉を続ける。

「貴族になれたら将来安泰ですよね？　魔法系貴族ならティスカ姉の好きな魔法の研究に

打ち込めますし、費用も気にする必要がなくなります」

「当主の妻に『打ち込める』ほどの時間はありませんが……もとより、現実を知らない子供ならまだしも、ティスカさんが貴族になることを望むとは思えません」

両親を知り、自らも貴族の当主に近い位置にいるリセからすれば、『貴族になればお金を気にせず趣味に打ち込める』なんて考えは、甘いと言わざるを得ない。

もちろん生活に困るようなことこそないだろうが、面倒な貴族の付き合いに神経を磨《す》り減らすような生活がティスカに向いているとは、到底思えなかった。

「そう、でしょうか？　そんな気もしますけど……」

「間違いないです」

リセは深く頷《うなず》き、ちょっと考えてから「『結果として貴族になっていた』ということは、あり得そうですけど」と付け加え、それを聞いたエルネは思わず噴き出した。

「ぷっ！　あははっ、リセ先輩、ティスカ姉に対する評価が滅茶苦茶《めちゃくちゃ》高いですよね」

「私のライバルですから！　思うにエルネさんは、ティスカさんを『姉』と言う割に遠慮しすぎです。妹ならもっと我《わ》が儘《まま》に、思ったことをぶつけても良いんですよ？」

「でもっ！　……本当の姉妹じゃないし」

風呂からざばっと立ち上がり、強く言ったエルネだったが、すぐに気弱に俯《うつむ》いた。

そんなエルネを見て、リセは顎に指を当て、不思議そうに小首を傾《かし》げる。

「それはティスカさんに失礼では？　姉を名乗るなら、それぐらいの度量は持ってしかるべきです。覚悟が足りないようなら、生粋の姉である私が叱ってあげます」

「……そういえば、リセ先輩には弟さんがいましたね」

「ええ、我が儘ですし、喧嘩《けんか》もしますけど、可愛《かわい》い弟ですよ。ちょっと頼りないところもありますが、そこは今後に期待。姉としては、多少ダメなところも可愛いですから」

「そうなんですか？」

「そうなんですよ。姉である私が保証します。なので、エルネさんはティスカさんに、本音をぶつけるべきですね。それで拗《こじ》れるようなら、そこまでの関係です」

不安そうに窺《うかが》うエルネに、リセはニコリと笑って――ズバッと切り捨てた。

「いや、拗れたくないから悩んでるんですけど⁉」

「そうでしたか？　最初は『自分はもう、ティスカさんに関わらない方が』みたいに言っているように聞こえましたが？」

「うっ……それは、その……」

自分たちがいなければとも思うが、ティスカを好きなのは間違いなく。

離れた方がティスカのためになるのではと考えつつも、離れたくない。

そんな複雑な心境に、口から出る言葉も滞る。

「ふふっ、割り切れないですよね？　結局、そういうことでしょう。大丈夫ですよ、万が一拗れたとしても、そのときは私がなんとかしますから」

「……頼もしいですね、リセ先輩」

「伊達《だて》に学生会長を務めていません」

エルネの少し拗《す》ねたような口調にも、リセは軽く言葉を返し、湯船から立ち上がった。

「そろそろ出ましょうか。これ以上入っていると、のぼせてしまいます」

そしてリセは、エルネに手を差し出す。

「ティスカさんの悪影響か、エルネさんも人をあまり頼らないところがありますが、別に頼って良いんですよ？　頼り、頼られ。それが友人関係というものでしょう？」

そう言って促すように微笑《ほほえ》むリセの顔を見て、エルネは少し躊躇《ためら》いつつも、その手に自分の手を重ねた。


リセたちが浴室から出ると、彼女たちが脱いだ服はすでに回収されていた。

代わりに新しい服が二組。リセはその一方を手に取りつつ、もう片方をエルネに示す。

「エルネさんはそちらを着てください。少し短いかもしれませんが、ネグリジェなので、着られないことはないと思います」

その服を広げてみたエルネは、少しだけ困ったように眉尻を下げた。

「長さは……問題なさそうですが、その……ふりふりで可愛い服、ですね？」

普段からリセの着ている服は可愛い系の物が多いのだが、用意されていた服はその傾向が更に強く、リセが今着替えている物と比べても甘い雰囲気の服であった。

そういう服を着ることのないエルネからすると、着替えるのが気恥ずかしくもあり、リセに助けを求めるような視線を向ける。

「お母様の趣味です。大抵は私も口を挟むんですが、稀《まれ》に勝手に買うこともあって……。外に着ていくわけでもないですし、趣味じゃなくても我慢してください」

「嫌ってわけじゃないです。あたしにはちょっと……と思っただけで」

しかし、いつまでも裸でいるわけにもいかず、エルネは戸惑いつつもそのネグリジェを身に着けて、気恥ずかしそうに髪を弄《いじ》りながら、リセを窺う。

そんなエルネの姿を、リセは上から下までじっくりと見ると、満足そうに頷いた。

「……うん、似合ってますね。長さもちょうど良《い》いですし……お母様、私がどれだけ成長すると思っていたのか。ご自身の身長、理解しているんでしょうか？」

「ホントですか？　――というか、リセ先輩のお母上も？」

「私よりちょっと高いだけです。自分が伸びなかったから私に期待したのかもしれませんが、無理がありますよね。お父様も特別高いわけじゃないですし」

リセは「はぁ」と呆《あき》れの混じったため息をつくと、笑みを浮かべて言葉を続ける。

「よろしければ、その服、貰ってください。それを着て『ごめんなさい、お姉ちゃん！』って言えば、ティスカさんも大喜びで仲直りしてくれると思いますよ？」

「何でですかっ⁉　ティスカ姉に変な趣味を付けないでください！」

憤然と抗議するエルネを、リセは不思議そうに見返す。

「変な趣味とはご挨拶ですね。私なら、妹が可愛い格好をして謝ってきたら、取りあえず許しちゃいますけど。ま、好きに使ってください」

「……寝間着として頂いておきます。でも良いんですか？　かなり高そうですし、しかも新品ですよね？」

「気にしないでください。残念ながら、私が着る可能性はないと思いますし……」

少々やさぐれた目でエルネの全身を見たリセだったが、エルネから向けられる視線に気付き、咳払《せきばら》いをして背を向けて歩き出す。

「私の部屋に行きましょう。エルネの部屋も――」

「既に整っております」

唐突にそう告げたのは、風呂場《ふろ》を出た所に立っていた女性。年齢は二〇代半ば、黒《くろ》いお仕着せを身に纏《まと》い、背筋を伸ばした綺麗《きれい》な姿勢でリセとエルネに軽く頭を下げる。

「フォルナ、待っていたんですか？」

「そろそろお出になる頃かと思いまして。お部屋はお嬢様の私室の前を準備致しました」

「ありがとう。お風呂のバスハーブもあなたですよね？」

「喧嘩なされたなら、必要かと思いまして」

「だからしてませんって。でも良い仕事でした。褒めてあげます」

「恐れ入ります。実はそうじゃないかと思ってました。服もばっちしですね。さすが私」

まったく恐れ入った様子もなく飄々《ひょうひょう》と応え、エルネを見てグッと親指を突き出すフォルナに、リセは頭痛に耐えるかのように額に手を当てた。

「選んだのはあなたですか。……悪くはないです」

「どうこう言っても、お嬢様も奥様と趣味は近いですしね。自分が着るのはともかく、他人に着せるのは好きでしょう？」

ニヤニヤと笑いながら、肘でツンツン突《つつ》いてくるフォルナを振り払い、リセはため息と共に彼女をエルナに紹介する。

「こちらはフォルナ。私の専属メイドです。どういう性格かは……見ての通りです。不快なら、遠慮せず言ってくださいね？」

「フォルナと申します。お嬢様をよろしくお願い致します。ついでに私も適当に」

「は、はぁ……」

恭《うやうや》しく頭を下げつつも、フォルナは悪戯《いたずら》っぽい笑みを浮かべ、エルネを困惑させた。

「なんで私が先で、あなたがついでですか。……このように、一言、二言多いのが玉に瑕《きず》ですが、優秀なメイドではありますし、私も助けられています」

「おや、お嬢様。デレ期ですか？」

「なんですか、それは。フォルナ、私はいつも感謝していますよ？　――あなたの余計な一言さえなければ」

「くっ、上げて落とす。さすがはお嬢様、高度なテクニックを身に付けられましたね。危うく赤面するところでした」

フォルナはわざとらしく額の汗を拭い、改めてエルネに向き直ると、先ほどまでの様子がまるで嘘《うそ》のように真顔となり、とても綺麗な姿勢で深く頭を下げた。

「このように素直になれないお嬢様ですが、心根は優しい女性です。ご友人となると、ご迷惑をおかけすることもあるかと思いますが、どうか助けてあげてください」

「い、いえ、あたしの方こそ、リセ先輩にはお世話になりっぱなしで……」

その変わりように動揺し、エルネがプルプルと首を振れば、フォルナは驚きに目を見開き、リセの袖をくいっ、くいっと引いた。

「まぁ！　まぁ‼　お嬢様に、このように普通に慕ってくれる後輩がいたなんて……‼

希少価値ですね。保護しましょう、そうしましょう」

「要らないことを言わない。フォルナ、軽い物で良いので、食事を用意してください」

「既にお嬢様のお部屋に。足りないようであれば、仰《おっしゃ》ってください」

「……仕事はできるんですよねぇ。お酒はありませんよね？」

再び、スッと真顔になって返答したフォルナだったが、リセの問いかけを受け、少し困ったように、そして迷うように口を開いた。

「お嬢様、女性を酔わせてベッドに連れ込むのは止めた方が……」

「何でですか！」

「そんな歪《いびつ》な関係、長続きしませんから。いえ、私は使用人ですし、命じられれば最適なお酒をご用意致しますし、口も目も閉じますけどね？　でも、せめて耳だけは――」

「違いますよっ！　あたかも私が、日常的にそんなことをしている風に言わないでください！　エルネさんは案外真面目なんですから、本気にしたらどうするんですか！　それに、耳ってなんですか！　聞き耳でも立てるつもりですか！」

「おっと、そうでしたか。エルネ様、ご安心ください。こう見えてもお嬢様は奥手です。大丈夫です、今日が初体験です。エルネ様が最初です。やりましたね！」

笑顔で親指を立てたフォルナの手を、リセが力強くはたき落とす。

「あなたは何を言っているんです⁉」

「もちろん、ご友人とのお泊まりですが？　お嬢様は何を想像されたので？」

凄《すご》く不思議なものを見るような表情でフォルナに問われ、リセは顔を真っ赤にして拳をブルブル震わせたが、数度深呼吸して、努めて冷静な声を出す。

「――っ。もう良いですから、下がってください。用があれば呼びます」

「かしこまりました。あぁ、それから、旦那様は既にお休みさせられていますので、ご安心ください。それではエルネ様、失礼致します」

再度頭を下げ、とても楽しそうな軽い足取りで去って行くフォルナ。

そんな彼女の背中を見送り、リセは疲れたようにため息をついた。

「こうして見ると、改めてリセ先輩が貴族だと実感しますね」

既に食事は終わり、エルネの姿はリセのベッドの上にあった。そしてその横にはリセの姿が――といっても、もちろんエルネをベッドに引っ張り込んだわけではない。

リセのベッドは、小柄な彼女であれば四、五人は十分に寝られるほどに広い。

寝るまでの時間、のんびり話でもしようと、二人してベッドの上に上がっているだけのこと。当然、そこで交わされている会話も、とても健全なものである。

「貴族って……ちょっとベッドが大きいだけのことじゃないですか」

「ちょっと？　あたしの部屋だと、これだけでほぼ埋まりますよ？　物も良いですし」

「大きくても、寝るのには関係ないですけど……ある意味、今日初めて役に立っているかもしれません。雑談するにはちょうど良いですから」

リセはクッションを抱えて座り、エルネはリラックスした様子でしばらくゴロゴロしていたが、やがてベッドの端で動きを止めると、体を起こしてリセに頭を下げた。

「改めて、リセ先輩、今日はありがとうございました」

「この程度、構いませんよ。先輩ですからね。残念だったのは、ティスカさんの料理を味わえなかったことですが……滅多に作らないんですよね？」

「うっ……仲直りできたら、頼んでおきます」

「はい、楽しみにしています」

実のところリセは、エルネとティスカの遣《や》り取りを肴《さかな》に、一通り料理に手を付けていたのだが、得られる利益は取っていくのがリセのスタイル。自分の要求をしれっと通す。

「そのためにも、必ず仲直りしてもらわないといけませんが……心配はないですね。二人が素直になれば、問題はないでしょう」

「……それが難しいんですけど」

「大丈夫です。エルネさんが素直になれないようなら、私がエルネさんの心情を適当に推察して、全部ティスカさんに説明してあげますから」

リセが笑顔で口にした、あまりにも滅茶苦茶《めちゃくちゃ》な言葉に、エルネが目を剝《む》く。

「ええっ!?　それはさすがに……」

「まぁまぁ正確に説明できると思うんですが……困るのであれば、自分で言うことです」

「う〜、覚悟を決めます。――明日の朝までには、きっと」

「はい、頑張ってください」

少しだけ日和《ひよ》ったエルネを、微笑《ほほえ》ましそうに見ながらリセは頷《うなず》き、ポンと手を打つ。

「さて、話が纏まったところで、折角のお泊まりです。しばらくお話でもしましょう。良い機会ですし、私の知らないティスカさんの話が聞きたいですね」

「ティスカ姉の話ですか？」

「ええ。きっと面白エピソードとかあるんじゃないですか？　ティスカさんですし」

わくわくとリセが向ける視線を受け、エルネは少し考えて頷く。

「それなりに？　ティスカ姉は昔から破天荒なところがあったから」

「ですよね？　そんな話を知りたいです」

「その代わり、リセ先輩も何か話してくださいね？　あたしが知らないようなこと」

「そんなにはないと思いますが……頑張って思い出しましょう」

「お願いします。そうですね、あれは確か——」

　家族以外ではティスカと一番付き合いの深いエルネと、高等学校の三年間、常にティスカを意識していたリセ。

　ティスカを俎上《そじょう》に載せれば話は尽きず、夜は更《ふ》けていく……。

　結果、エルネのために用意されたベッドは使われることもなく——翌朝フォルナに、そのことを思いっきり揶揄《からか》われるのだった。

Episode5

第五章
和解と阻害

The Atelier of
Tailor-made Grimoires
Episode5
Reconciliation and Inhibition

Reconciliat

and Inhibitio

「ティスカ姉、まずはゴメン。酔っ払ってたとはいえ、滅茶苦茶言い過ぎた」

翌朝、少し寝坊したエルネとリセは、昼前に工房へ戻ってきていた。

そこで一人、落ち着かない様子で仕事をしていたティスカにエルネが頭を下げると、ティスカは少し戸惑いつつも、「うん」と受け入れる。

「それは良《い》いんだけど……結局何が不満だったのか、訊《き》いて良い？」

「えっと……、その……」

エルネが口ごもったのは僅かな時間だったが、リセの対応は迅速だった。

「自分とサーラさんが関わったことで、ティスカさんの人生に悪影響を与えたんじゃないかと不安だったようですよ？」

「リセ先輩！　早すぎません⁉」

「予告しておいたじゃないですか。躊躇《ためら》っても時間の無駄、サクッと終わらせましょう」

「うう～、なんかあたしの悩みが、蔑《ないがし》ろにされている気がする……」

不満そうに口を尖《とが》らせるエルネを見て、ティスカは苦笑しつつ、少し考える。

「そんなことを気にしてたんだ？　……うん、影響を受けたことは否定しない」

「やっぱり――」

俯《うつむ》きかけたエルネを引き起こすように、その肩に手を置き、ティスカは強く続ける。

「でもっ！　それって、普通のことだよね？　いろんな影響を受けて人は成長するんだから。サーラと友達になったことは後悔してないし、それはエルネも同じ。そして、エルネを助けるために魔法を使ったことも、この工房を立ち上げたことも、全部、全部、私がやりたくてやったこと。エルネが何か気に病むようなことはないんだよ？」

「ティスカ姉……本当？　迷惑かけてない？」

「迷惑なんて、全然ないね！　むしろ、エルネのおかげで日々が充実してるね‼」

ティスカは力強く断言し、エルネを抱きしめる。

エルネの方も「それは言いすぎだよぉ。へへ」と呟《つぶや》きつつも満更でもないようで、それを傍《はた》で見ていたリセは、やや呆《あき》れたようにため息をついた。

「無事仲直り、ですか。――ネグリジェの出番はなかったですね。ちょっと残念です」

「え、なにそれ、なにそれ！　すっごく気になる！」

リセの呟きを耳にしたティスカの反応は早く、エルネを抱きしめたまま、ぐるんとリセに顔を向けたが、その顔を遮るようにエルネがバタバタと両手を振る。

「ティスカ姉！　気にしなくて良いから！」

「いえ、喧嘩《けんか》ぐらい、これを着て謝ればイチコロですよ、と私が提供したネグリジェが」

「ほほぅ。つまり私は、もう少し粘るべきだった……？」

「なんでそうなるの⁉　──み、見たいなら、その……折角貰《もら》ったわけだし？　普通に寝間着として使う予定だし？　あたしの部屋に来れば、見られるんじゃない、かなぁ？」

恥ずかしそうなエルネを見て、『よし、今夜行こう』とティスカが決意した時──。

「ほぅ。おぬしたち、喧嘩しておったのか？　初々《ういうい》しいのぅ」

割り込むように声が聞こえ、そちらに視線を向けたエルネたちが見たのは、入り口から顔を覗《のぞ》かせ、面白そうにニヤリと笑うツキだった。

「ツキさん！　いつからいたんですか？」

「ふむ……女同士で色仕掛《いろじか》けが効くようになるとは……時代は進んどるのぅ」

「色仕掛けじゃないですから！　──つまり、そのへんからいたんですね」

「えー、ツキさんだって、女の子は可愛《かわい》い格好してる方が嬉《うれ》しくない？」

「ふむ、一理あるの。儂《わし》もティスカが小汚い格好をしとったら、近付こうとは思わんかったろうし。愛嬌《あいきょう》は重要じゃの」

「これでもパン屋の娘だからね。清潔さは大事だよ！　というか、今回の件、ツキさんにも原因があるんだけど？」

「儂が？　なんかしたかのう？」

「直接的にってわけじゃないけど……えっとね？」

不思議そうなツキにティスカが事情を説明するが、ツキは微妙な表情で首を捻《ひね》った。

「儂、原因かのぅ？　じゃが、そういう事情なら、正確に話しておくべきじゃろうな。中途半端《ちゅうとはんぱ》では事故を誘発しかねん。双方で監視するぐらいがちょうど良い」

そう言ってツキが伝えた事情を、エルネとリセは咀嚼《そしゃく》するように暫《しば》し沈黙し、やがて安堵《あんど》したように、そして確認するように口を開いた。

「……つまり、ティスカ姉が無理に治癒魔法を使わなければ問題ないし、あたしが下手に例の呪律《サブ・スペル》を練習しようとしなければ危険もない、ってことですね？」

「ティスカさん、あなたの研究熱心さは知っていますが、命あっての物種ですからね？」

「だからしないって。成功を確信できるまでは。自分だけのことじゃないんだから」

「いえ、自分も大事にしてくださいね？」

リセは困った子を見るように眉尻を下げたが、すぐに表情を改め、笑みを浮かべた。

「でもこれで、お仕事も進められますね。私が一肌脱いだ甲斐《かい》もあるというものです」

「うん！　ありがとう、リセ。リセあってのペリアプト魔導書工房だよ！」

「ほほぅ。私あってのペリアプト魔導書工房ですか」

「うん、うん！」

「そう思うのなら、そろそろ私に、何か言うことはありませんか？」

リセは顎に指を当てて小首を傾《かし》げ、笑みを含んだ問うような顔をティスカに向けた。

「うっ……」

力強く頷いていたティスカはピタリと動きを止め、エルネに視線で助けを求める。

「ティスカ姉、もう素直になっちゃおうよ」

「い、妹に裏切られた……⁉」

ティスカは『がーん』と頭を抱えるが、エルネの方は呆れたようにため息をつく。

「裏切ってないし。リセ先輩、やってることはほとんど職員も同じだよ？　むしろ、お給料も払わずに働かせている今の方がマズいんじゃないかな？」

「まったく否定できない⁉」

「なんじゃ、リセは部外者じゃったのか？　てっきり、この工房で雇っておると思っとったが、好意を利用してタダ働きさせとったのか？　儂もそれはどうかと思うぞ？」

「人聞きが悪すぎる⁉」

しかし実態としては、エルネとツキの言うことが正しい。

ティスカとしても、リセを誘いたいと思っていたのは間違いなく、単にその時機を逸して、言い出しにくくなっていただけである。できれば自分のタイミングを計りたかったが、ここまで場を整えられては言うしかないと、ティスカは息を吸い込み——

「あ、可愛くお願いしますね？」

「無茶振りが来たよ!?　えっと……リセ、さん。この工房はあなたに見合わないほど小さな工房ですが、これから大きくしていくつもりです。今はまだ、うちに入ったことで色々言われるかもしれませんが、私ができる限り守ります。どうか私たちと一緒に、この工房を盛り上げてくれませんか？」

　まるで結婚を申し込むかのように、目を瞑《つぶ》って手を差し出したティスカを見て、リセはとても満足そうな、そして嬉しそうな笑みを浮かべると、その手を握り返した。

「頼まれては仕方ないですね！　入ってあげましょう♪　――ですがティスカさん、心配する必要も、外野の声を気にする必要もありません。私たち三人が力を合わせれば、この工房が王都一の魔導書工房になる日も遠くないのですから！」

　手を握られたことで、ぱっと顔を上げ、表情を輝かせたティスカと微笑《ほほえ》み返すリセ、そしてそんな二人を、コソコソと見るツキとエルネ。

「……仕方なさそうな顔じゃ、ないんじゃが？」

「しっ！　ツキさん、リセ先輩も複雑なんですよ。黙って見てましょう」

「そこっ、うるさいですよ！　――お給料に関しては心配無用です。それは貰うものではなく稼ぐものです。相応のお給料が出ないのなら、それは私の上げる利益が足りないだけのこと。ティスカさんが気にする必要はありません」

「うわぉ、頼もしい！　よしっ、今日からリセはうちの工房の金庫番だ！」

「えぇ……？　もちろん、やれというならやりますが……」

ポンと肩を叩《たた》かれ、いきなり重要ポジションに抜擢《ばってき》されたリセは困惑顔だが、それを見たエルネとツキは再びコソコソと話す。

「うわぁ、ティスカ姉ったら、さらっと面倒な仕事を押し付けたよ？」

「うむ。ありゃあ、自分は好きな研究だけに集中するつもりじゃぞ？」

「そこっ、うるさいよ！　適材適所、他意はまったくないから！」

「物は言いようじゃのぅ」

「うんうん。リセ先輩、良いの？　あんなこと言ってるけど」

「わ、私は工房の仲間として、仕事を任せてくれるのなら別に……」

「良い人過ぎる、良い人過ぎるよ、リセ先輩！」

などという遣《や》り取りがありつつも、正式に三人体制となり、魔導書作りに動き始めたペリアプト魔導書工房であったが、問題が発生したのは僅か数日後のことだった。

「素材が手に入らない？」

「ええ、一般的な物は揃《そろ》ったんですが、使用予定の素材のうち、特に稀少《きしょう》な物が数点」

呪文《スペル》の構築はティスカに任せ、先日の話し合いで決まった素材の確保に動いたエルネとリセであったが、一般的な素材はともかく、稀少な物は工房の手持ち資金ではまったく足りず、コール家から素材の購入資金が届けられるのを待つ必要があった。

そしてアルジェンタスの花と共に、その資金が届いたのが昨日。

すぐに問屋に赴いたものの、使用予定の稀少な素材の大半は品切れとなっていた。

「レイアさんが言うには、ここ数日で全部の在庫が捌《は》けたって」

「他に、うちと付き合いのある問屋も回ってみたんですが――」

「おぉ、早速リセに入ってもらった効果が――」

「残念ながら、そちらもダメでした」

「あら……」

「いくつかは、当家で保有している物を買い取る形で手に入れましたが、魔導書制作ぐらいにしか使わない素材は、うちも持ってないですから……」

「それが『特に稀少な物が数点』かぁ。……これ、やっぱり妨害だよね？」

「普通は買い占める素材じゃないですからね。的確に今回の魔導書に使う物が消えているようですし……コール家内部に情報を流した者がいる可能性が高いですね」

「……それって、ハイデンさんとか？」

ティスカたちを除けば、使用する素材を知っているのはアルヴィとハイデン。

であれば、情報を流したのはハイデンかと、エルネは眉を顰《ひそ》めたが、リセは首を振る。

「ハイデンは現当主に忠実ですから、漏らさないでしょう。しかし、アルヴィ君は……」

「え、自分のことなのに、漏らしたりしますか？　人生が懸かってますよね？」

「アルヴィ君は脇が甘いですから。使用人に話を振られれば、ポロリと漏らしてしまいそうじゃないですか？　使用人は縁故採用が多いですから、当然分家とも……」

「「あぁ……」」

ここしばらくで、それなりにアルヴィのことを理解した二人の声が揃う。

更に付き合いの長い使用人なら、訊《き》き出すことは容易そうである。

「失敗しました。アルヴィ君たちに話す前にレイアさんに話を通して、使いそうな素材の取り置きをお願いしておくべきでしたね」

「うぅ、ゴメン、ティスカ姉。検証用紙のことがあったのに……」

「それを言うなら、アルヴィ君たちに話す前に、エルネに相談してなかった私のミスだよ。知らない素材の確保なんかできないし」

「でも、あたしが仕入担当として、ティスカ姉に訊いていれば――」

「私が思うに、一番いけないのは、使う素材を漏らした人じゃないですか？」

不毛な流れになりかけた二人を遮るように、リセが口を挟む。

「そして購入資金が届くのが遅かったのは、その人がアルジェンタスの花を探していたからじゃないかと思ったりもするんですが、二人はどう思いますか？」

確証のないリセの想像であったが、ティスカとエルネは妙に納得したように頷《うなず》く。

「あぁ、お金だけだったらその日のうちにでも届けられたよね、普通の貴族なら」

「その上、届いたアルジェンタスの花って、妙に立派な花束だったよ。簡単には用意できないぐらいの。一輪ぐらいならすぐに手に入っても、花束となると……」

適当な花ならまだしもアルジェンタス、それも赤いアルジェンタスはそれなりに稀少。花束にしようと思えば、貴族といえども時間が必要となる。

それを踏まえれば数日はかなり早いのだが、参考資料と考えれば無駄でしかない。

「どうせ届けるなら、花束にした方が気を惹《ひ》けますよ、とか吹き込まれた可能性すらありそうですよね。ホイホイ乗ってしまうアルヴィ君の姿が目に浮かびます」

リセのアルヴィに対する評価が酷《ひど》い。

しかし、現実もそう間違ってはいないのだから、困ったものである。

「う～ん、明らかに邪魔しに来てるよねぇ。手に入りにくい物ばかり狙っているあたり」

「リセ先輩、セラヴェード家の方で抑えることは難しいですか？」

「難しいです。分家もメーム一門なので、そのあたりのバランスが……」

同じ一門としてアルヴィの手助けをすることは、なんの問題もない。

しかし同時に、分家の合法的な行動を邪魔することは、名分が立たない。

「買い占めは犯罪ではありませんし、本家のみを優遇する形になりますからね。ティスカさんたちに危害を加えるようなら、いくらでも強権が使えますけど」

「だよねぇ、単に買い負けただけだし。いや、競う前に買われちゃったと言うべき？」

「直接危害を加えられないのは、良《い》いことなんだろうけど……リセ先輩のおかげ？」

「一応、怪しい家には、『私の友人に手を出したら、命はない』ぐらいのお手紙は出しておきましたよ？　貴族的表現で、それとなく警告する感じで」

リセはこてんと首を傾げ、可愛《かわい》く笑いながら、えげつないことを口にする。

貴族的表現と言うだけあり、一見すると普通の文面。

しかし、意味を読み取れる者にとっては殺害予告にも近いその手紙は、受け取った方からすれば、家の力関係も合わさり、かなりの恐怖体験であっただろう。

「怖っ！　――でも、それでこの手法かぁ。お金は掛かってそうだよねぇ」

検証用紙とは違い、余所《よそ》から入手しづらい物を選んで買い占めたのだろうが、総じてそういう物は高価。平和裏ではあるが、使った資金もかなりの額だろう。

「具体的に何が足りないの？」

「雲葉紙《うんようし》、レガラ鳥《ちょう》の血、黒晶《こくしょう》蜥蜴の皮の三つです」

「これはまた高い物ばかり……。こうなると、代替品を使うしかないわけだけど」

「多少知識があれば、近しい代替品は買い占めてありますよ、きっと。分家連中の無知さに期待して、当たってみる手もありますが……期待薄でしょうね」

「これだけお金を掛けるなら、そのぐらいの用心はするか。より良い素材だと？」

「ティスカ姉、資金が足りないよ〜。元々高い素材だから、それ以上となると……」

元々が予算内で最も良い物を使おうと、相談して決めたのが今回の素材だったのだ。

より良い物を買う余裕など、あるはずもない。

「そうなると、魔法の出来には妥協して、魔導書の品質を落とすしかないわけだけど、この三つかぁ……ん？　そういえば……ちょっと待って！」

ティスカは壁際《かべぎわ》の本棚から一冊の古い本を取り出すと、パラパラと捲《めく》って「やっぱり」と呟《つぶや》くと、それをエルネたちにも見えるように広げた。

「レガラ鳥の血と黒晶蜥蜴の皮については、ほぼ同じ効果が氷血《ひょうけつ》、ギスペ燃樹《ねんじゅ》、灰白《かいはく》鼠の皮の三つで代替できるみたい。値段の相場が判《わか》らないけど……」

「あっ！　組み合わせパターンか。それなら、雲葉紙は風珠草《ふうじゅそう》と水岩紙《すいがんし》が使えるよね！」

エルネがハッとしたように言えば、リセは驚いたように二人を見た。

「よくそんな組み合わせ、知ってますね？　ティスカさんはともかく、エルネさんも」

「ふっふーん！　あたしだって勉強してますから。——といっても、知識の大半はここにある本からだから、ティスカ姉には勝てないと思うけど」

得意げに胸を張ったエルネだが、ちょっと気弱に言葉を付け加える。

「私に比べれば、十分に凄《すご》いですよ？　しかも、こう言ってはなんですが、私が知らないのですから、押さえられていない可能性も高いです。でも、組み合わせて使うとなると、制作難度はかなり上がりますよね？　大丈夫ですか？」

「大丈夫だよ！　リセもいるしね？」

「私頼りですか⁉　……まぁ、初仕事ですし、頑張りますけど」

びっくりしたように目を丸くしたリセだったが、ニコニコ笑っているティスカを見て、表情を緩ませて、立ち上がる。

「では、エルネさん、買いに行きましょう。またなくなったら、目も当てられません」

「そうだった！　ティスカ姉、行ってきます！」

リセに声を掛けられ、慌てて立ち上がったエルネは、後ろも見ずに走り出し、リセもテイスカに「行ってきます」と声を掛け、その後を追いかけたのだった。


「レイアさん！」

飛び込むようにやってきたエルネを見て、レイアは驚きに目を丸くし、「エルネはん？」と呟いたが、すぐにぺこりと頭を下げた。

「この前はすまんかったなぁ。客の求める物を用意できへんなんて、問屋失格や」

「それは仕方ない――」

「そう思うのであれば、用意してもらいたい物があるんですが」

エルネの言葉を遮るように口を挟んだのは、追いついてきたリセだった。

少し乱れた息を整えつつ、彼女が必要な素材を告げると、レイアは顔を顰《しか》めた。

「また、けったいな……大半は近年、ほぼ使われへん素材やないかい」

「どうかな？　すぐに手に入る？」

「風珠草と水岩紙はあるで。他は、すぐに入手できるかと言われると、無理やな」

顔を曇らせ、「そんな……」と呟くエルネを制するように、レイアは手を突き出す。

「まぁ、待ちぃ。もしかしたら、倉庫にはあるかもしれん。保証はできへんけどな」

「あら？　レイアさんが在庫管理できてないんですか？　そのあたりは有能と思ってまし

たが。先日拝見した倉庫も綺麗《きれい》に整頓されてましたし」

「うちが仕入れて倉庫に入れた物はな。けどな、うちも歴史が長いやろ？　おとんの時代はまだしも、それ以前となると把握できてへん。そういうのは、普段は使《こ》うてへん倉庫に放り込んであってなぁ。整理が追いついてへんのや」

その大変さを思い出したのか、レイアが非常に疲れた表情で深いため息をつくが、それを振り払うように頭を振ってエルネを見る。

「せやから、氷血とギスペ燃樹は探せばあるかもしれん。が、ウチの時間がない」

「あたしが探す！　レイアさん、その倉庫を見せて‼」

「そか？　……まぁ、リセはんの紹介やし、ええやろ。ただし、灰白鼠の革は無理やな。あれは日持ちせぇへんから。皮革工房に発注しても無理やろなぁ」

レイアも仕入れた記憶がないほど、使われることがない素材。

工房も注文を受けてから材料を仕入れ、革に加工することになる。

「使わん素材でも、加工方法は残っとると思うが、仕入れルートがどうかやなぁ……。手に入るんなら、灰白鼠の生皮を持ち込む方が確実かもしれへんで？」

「なるほど、ではそちらは私が当たってみます。エルネさんは倉庫をお願いします」

「解《わか》りました！　それじゃ、レイアさん、行きましょう！」

「もうか？　忙《せわ》しないなぁ。ウチも仕事があるんやけど……」

「あら？　レイアさん。以前、『ウチに任せたら、何でも用意するで！』とか――」

「わーっとる、わーっとる！　ほな、エルネはん行くで！　覚悟しぃや‼」

言外に用意できない物が多すぎないか、と言うリセの言葉を遮るように声を上げると、エルネの背中を押して歩き出したレイアだったが、ふと思い出したように振り返る。

「そういえばリセはん。先日、あの工房の若いもんが嘆いとったで？『リセが戻ってきてくれるなら、部門長の額を地面に叩《たた》きつけて謝らせることすら、俺たちは辞さない！』とも言っとったし……愛されとるなぁ？　戻る気はあるんか？」

「ありませんね。同僚は悪くなかったですが、上がダメでしたから。それでも少し前なら、若干は考慮したかもしれませんが、今の私はペリアプト魔導書工房の人間ですから！」

リセはそう言って、とても晴れやかに微笑《ほほえ》んだ。

エルネが案内されたのは四角い箱のような建物で、正に倉庫という外観だった。

大きな扉が一つあるだけで、店の看板は疎《おろ》か、窓すら存在しない。そんな建物に足を踏み入れたエルネは、周囲を見るなり暫《しば》し絶句、やがて呆《あき》れたような声を漏らした。

「ほ、本当に覚悟が必要な倉庫だよね、これ……」

無造作に天井まで積み上げられた木箱には埃《ほこり》が積もり、その大半にはラベルもなし。一応は歩けるような隙間こそあるが、本当に一応。先日見た倉庫とは雲泥《うんでい》の差である。

「そやで？　ウチは嘘《うそ》を言わへん。地上二階に地下二〇階。気張りや？」

「ひ、広い……どんだけ溜《た》め込んでるの⁉」

「何代か前に商売の上手《うま》いご先祖がおってなぁ。仕入れるのも上手けりゃ、売るのも上手い。けど欠点はあるもんで、片付けだけはできへんかったんや。その結果がこれや」

「それにしても……こんな状態では商売が上手くいくとは……」

「自分だけはどこに何があるか覚えとったんや。そやけど、その人が亡《な》くのうてからはどうにもならんでなぁ。幸い金はあったから、新しい倉庫を造ったらしいで？」

以来、何代にも亘《わた》って片付けを続けているのだが、メインの倉庫だけでもあの広さ。仕入れ、品出し、掃除。日々の業務だけでもかなりの作業量である。

その上で、こちらの倉庫を片付けるだけの時間はなかなか取れず、そしてそのままでも支障がないことから、整理はほとんど進んでいなかった。

「それにな？　正直、普段扱わん素材は、判断できんのもあってなぁ。手ぇ出しにくいのもあるんや。エルネはん、期待しとるで？　鍵は預けたるから、あんじょう頼むわ！」

「えぇ⁉　あたしだけで、このゴミ屋敷《やしき》――雑然とした倉庫を？」

「ウチは仕事があるからな！　ほな、よろしゅう！」

そう言って逃げるように出て行くレイアを、エルネはやや呆然《ぼうぜん》と見送ったのだった。


――レイアが再びその倉庫を訪れたのは、数日後のことだった。

「エルネはん、順調――うわっ！　なんやこりゃ⁉」

倉庫の中は一変していた。乱雑に置かれていた木箱は、種類ごとにラベリングされて整然と積み上げられ、真《ま》っ直《す》ぐな通路が出現。埃っぽかった床も綺麗に掃除されている。

そして新たにできた通路を奥から歩いてくるのは、木箱を複数抱えたエルネ。

彼女はレイアに気付くと、嬉《うれ》しそうに微笑んで、その木箱を入り口脇に積み上げた。

「レイアさん！　ちょうど良いところに。ギスペ燃樹は見つかったよ。これまでの傾向からして、氷血も近くにあると思うから、今日明日にでも終わるよ、きっと！」

「そ、そか？　それは良かった――ってぇ、エルネはん、これ一人でやったんか？」

「そりゃもちろん？　地下二階で見つかったのは幸運だったよ」

「数日で地下二階まで……」

「一応、整理したのはリストに纏《まと》めておいたよ。そろそろ使用期限が危なそうなのにはチェックしておいたから。あとこの辺に積んであるのは、捨てるしかない素材、この辺は売り物にはならないけど、捨てるには勿体《もったい》ない素材だね」

エルネは作り上げた目録をレイアに渡しつつ、周囲を指さして説明する。

「そこまで……こら、手間賃を考えたら、ギスペ燃樹と氷血はタダで提供せなならんなぁ。なんやったら、その辺の売れへん素材も持って帰るか？　実験には使えるやろ？」

「え、良《い》いの？　ティスカ姉は喜ぶと思うけど……」

「かまへん、かまへん。売れへん素材、どうせウチには使えんよって」

「じゃあ、ありがたく。これであとは、リセ先輩次第だね！」

「あ、それなら問題ないで？　既に皮革工房に加工を頼んどるからな」

心配した矢先にあっさりと告げられ、エルネは目を剝《む》いた。

「ええ⁉　全然聞いてないんだけど！」

「エルネはんを焦《あせ》らせたら悪いから、秘密にしといてくれと言われてん」

「さすがは気遣いの人……でも、今日も忙しそうに出て行ったんだけど……？」

「リセはんもなんや動いとるようやで？　――しかし残念やなぁ。エルネはんがいてくれたら、この倉庫を完全に片付けるのも夢やないのに。これからも手伝《てつど》うてくれへん？」

「いや、あたしはペリアプト魔導書工房の人間だし、それはちょっと勘弁かなぁ。体力に自信はあるけど、正直、かなり疲れてるんだよね、ここ数日は」

「そらそうや。むしろ疲れてないとゆぅたら驚くわ。せやけど、この能力、惜しいなぁ。どや？　続けてくれるなら、風珠草と水岩紙もタダで提供するで？」

風珠草と水岩紙はかなり良いお値段。エルネの心がぐらりと揺れた。

「それは……。で、でも、労働に見合うかどうかは……」

耐えるエルネ。しかしさすがは商人、レイアは彼女の弱点をきっちり把握していた。

「暇なときだけでもかまへんし、これからも売れへん素材は持って帰ってえぇで？　この倉庫、下に行くほどええもんが入っとるんよ。ティスカはんも喜ぶんちゃうか？」

レイアは優しげな笑みで「働き次第で売れる素材も付けるで？」と付け加え、「ティスカはんにあげてもええんちゃうか？」と悪魔のささやき。

その言葉にエルネが陥落するまで、あまり時間は掛からなかった。


一方、灰白鼠の生皮を担当するリセの方は、少々迷っていた。

「まず、どこに当たるべきでしょうか……？」

加工済みの商品なら商店を当たるべきだろうが、目的は未加工の物。

商人にはそれなりの伝《つて》があるリセも、第一次産業に従事している人への伝はない。

付き合いのある商人に紹介を受けることもできるが、問題となるのは分家の動き。

あまり目立てば彼らの耳にも入るだろうし、そうなれば妨害も考えられる。

「彼らに判《わか》りづらい方法が良いのですが……そうなると、私も難しいんですよね」

同じ貴族で、同じ一門。付き合いの範囲も似たところがあり、なかなかに難しい。

悩んだ末にリセが赴いた先は傭兵《ようへい》ギルドだった。

『傭兵』と付いているが、実際に戦う機会はさほど多くなく、多くは商人の護衛や倉庫の警備、荷物運びなどの力仕事であり、それらを斡旋《あっせん》するのがギルドの役割。

だが、それらの仕事も常に潤沢にあるわけではなく、傭兵ギルドの建物は傭兵たちの待機所も兼ねた飲食店が併設され、そこには時間を持て余した傭兵たちが屯《たむろ》していた。

そんな場所にリセが足を踏み入れると、喧噪《けんそう》が途絶え、彼女に視線が集まる。

服こそ裕福な平民なら着ていてもおかしくない物だったが、リセの纏う雰囲気は明らかに上流階級のもので、下手に絡《から》めばトラブルになりかねない。

そう判断した傭兵たちが躊躇《ちゅうちょ》する中、声を掛けたのは若い女性だった。

「あんた、確か魔導書工房にいたリセだったよな？」

「あら、クリスティさん。お久しぶりです」

その女性は、ペリアプト魔導書工房の初めてのお客、クリスティだった。

今日は仕事がないのか、ジョッキ片手に陽気そうな笑みを浮かべていたが、リセが名前を呼ぶと、少し焦ったように顔を顰《しか》めた。

「おれのことはクリスで良いって言っただろ⁉」

「クリス、おめぇ、クリスティなんて名前だったのかよ⁉」

「クリスティなんて面《つら》かよ！　ぎゃははは——ぐあっ‼」

背後のテーブルから名前を揶揄《やゆ》するような男の声が聞こえたが、クリスティはジョッキの中身を一気に飲み干すと、それを振り下ろして男を黙らせた。

「うるせぇ！　燃やすぞ！　——で、どうしたんだ、こんな所に。貴族のお嬢様が直接仕事の依頼か？　なら、あっちのカウンターだぜ？」

クリスティの言葉で『やっぱり貴族なのか』とのざわめきが広がるが、リセはそれを気にする様子も見せず、少し考えてからクリスティを見て、頷《うなず》いた。

「ちょうど良かったです。少しお話を聞かせて欲しいんですけど……良いですか？」

「構わねぇぜ？　今日は仕事もねぇし、あんたらのおかげで上手くいってるしな。どこで話す？　あんたにここは居心地が悪いだろ？」

「いえ、気にするほどじゃないですよ。すぐに済むと思いますし、立ち話で」

「周りのヤツらが気にするんだが……まぁ、いいか。それで何が訊《き》きたいんだ？」

「はい。クリスさんは灰白鼠を知っていますか？」

「そりゃ知ってるが……。地中に長い巣穴を作って、畑を荒らす害獣だよな？　今も依頼は出ているが、誰も請けないんだよなぁ。巣から追い出すのが面倒だから」

クリスティは訝《いぶか》しげにリセを見返し、その仕事を思い出してか、深いため息をつく。

「まさか、灰白鼠の駆除の依頼か？　実入りが少ないからなぁ。できれば遠慮したいが」

「いえ、違う……とも言えないですね。ですが、少しお手伝いはできるかもしれません。クリスさんの持つ魔導書の『石弾《ストーン・バレット》』は、手の上にある石を飛ばすように調整されていますが、それは必ずしも持っている必要はなく、地面に手を置いても発動は可能です。では、畑でそれを行えば？」

リセが問うように言葉を切れば、クリスは暫し考え込み、確認するように口を開いた。

「……もしかして、灰白鼠の巣の上で使えば、簡単に追い出せる？」

「すごく簡単とは言えないかもしれませんが、これまでよりはずっと楽にできると思いますよ？　そして、私が必要としているのは灰白鼠の皮です。数匹程度で十分なので、お小遣い程度にはなるかもしれませんが、多少は利益になるかと」

「あんたらには恩がある。必要って言うなら、否《いな》はないさ。それに加えて小遣いと知恵まで貰《もら》っちゃあ、請けないわけにはいかねぇよ。任せな！　数日で用意してやるよ‼」

豊かな胸をドンと叩いて、にかっと笑ったクリスティにリセも微笑む。

「ありがとうございます。よろしくお願いします」

「おう！　けど、また魔導書を作るときはよろしく頼むぜ？」

「ええ、いつでもお待ちしています」

クリスティはリセに親指を立てて応え、早速仕事を請けるためにカウンターへ向かう。

リセはその背中を見送り、ホッとしたように息を吐いたが、すぐに眉間に皺《しわ》を寄せた。

「これで灰白鼠の皮は確保できましたが……問題は、分家の動きですか。少し気になる情報もありますし、私も独自に動いてみますか」

◇　◇　◇

魔導書に使う素材の変更が決まって以降、ティスカは自室に籠もりがちになっていた。

ティスカは『万が一、素材が足りなくても、なんとかできる呪文《スペル》を書くよ！』と意欲を見せていたのだが、エルネから見ると、あまりにも夜更《よふ》かしが過ぎている。

しかしエルネ自身、倉庫の片付けで毎日くたくた、心配しつつも手を出す余裕がなかったのだが、彼女には一つ不満なことが——いや、焦《じ》れていることがあった。

何に焦れていたかと言えば、ティスカがいつまで経《た》っても自分の部屋に来ないこと。

ティスカが見たいと言っていたからと、いじらしくも毎晩ネグリジェを着ているというのに、呪文《スペル》の構築にのめり込んでいるティスカは一向に訪ねてこない。

「ま、まぁ？　物が良くて凄《すご》く着心地が良いから、着てるだけなんだけどね？」

などと自分に強がってみるものの、それにしたってあれだけ『見たい！』と主張していたティスカが来ないのは、それはそれで不満なわけで。エルネは無事に素材を確保した日の晩、夜更かしが心配という理由を付けて、ティスカの部屋を訪ねていた。

「ティスカ姉、起きてる？　入るよ？」

扉の隙間から漏れる明かりを見て、軽くノックしてみるが、中から反応はなく。

エルネはそっとノブを回し、ゆっくり扉を開けた。

覗《のぞ》き込んだ部屋の中で、最初に目を引き付けられたのは、赤い大輪の花。

呪文《スペル》構築の参考として、机の上に生けられたアルジェンタスは一輪のみであったが、年頃の娘としては彩《いろど》りに乏しいティスカの部屋で、それは異彩を放っていた。

ちなみに無駄にたくさん届けられた花は、現在、工房に飾られているのだが、『派手すぎだよね』とは、ティスカの言。頑張って贈ったアルヴィが聞けば涙目だろう。

そしてティスカはといえば、明かりを点《つ》けたまま、その机の上に突っ伏していた。

「……ティスカ姉？」

小さく声を掛けても彼女に反応はなく、耳を澄ませば小さな寝息が聞こえる。

エルネは足音を忍ばせて机の傍《そば》によると、穏やかなティスカの寝顔を見て顔を綻ばせ、その横に置かれた紙束を見て顔を顰めた。

「これまた、複雑な呪文《スペル》を……というか、これ、完成してない？」

ティスカの技巧的すぎる呪文《スペル》を、エルネが短時間で正確に読み解くことは不可能だったが、軽く目を通した限りに於《お》いては、それは既に完成しているように見えた。

「あとは本番の紙に書き写すだけ……じゃあ、何を毎晩？」

エルネは机を覗き込むが、ティスカが見ていた物はその頭で隠されていた。

「……見えない。って、その前にティスカ姉を寝かせようかな」

このままでは体に良くないと、エルネはそっとティスカを抱え上げた。

「軽っ！　やっぱり、まだ本調子じゃないんだよね……？」

エルネより小柄なティスカだが、それにしてもその体は想像以上に軽かった。

普段は何事もなく過ごしているように見えても、数ヶ月に亘《わた》り意識不明、その後も寝込んでいたティスカが、一年も経たずに元通りになるはずもない。

「これは、注意しておかないと……」

明日にでも、あまり夜更かししないように言おうと決心しつつ、エルネはティスカをべッドに横たえて布団《ふとん》を掛けると、机の上を再度確認した。

「これって……今回の魔法からは省いた呪律《サブ・スペル》だよね？　今回は使わないし、当面は棚上げにするって話だったのに……あたしのせい？」

エルネがベッドの方に目を向ければ、ティスカは布団の中に潜り込み、良《い》い夢でも見ているのか、幸せそうな表情で口元をもにょもにょと動かしている。

その緩んだ顔に毒気を抜かれ、エルネも眉尻を下げて息を吐く。

「もう……。あまり無理しちゃダメだからね？」

エルネは小さく呟《つぶや》き、もう一度ティスカの首元の布団を整える。

そうして、明かりを消して部屋を出ると、静かに扉を閉めたのだった。

◇　◇　◇

必要な呪文《スペル》の構築も終わり、魔導書の制作は佳境を迎えていた。

素材の準備は終わり、執筆も終盤、今日明日にでも製本に取りかかれるところまで来ていたが、逆に言えば筆記担当のティスカ以外は、若干暇な時期でもあった。

ティスカは朝からペンを走らせていたが、それが終わってもインクの乾燥に半日ほどは必要で、続きの作業ができるのはその後。それまではやることもないとリセは不在。

エルネだけが、ティスカがあまり無理をしないようにと見張っていた。

「ティスカ姉、まだ余裕があるんだから、無理する必要はないからね？」

「エルネは心配性だなぁ。最近は夜更かしも止《や》めたし、大丈夫だよ」

「そうみたいだけど……」

「妹に可愛《かわい》い格好で『もう寝よう？』と言われたら、逆らえないからね！」

笑顔で拳を握って力説するティスカに、エルネはため息。

「……いや、できれば言いに行かなくても、寝て欲しいところなんだけどね？」

エルネとしては、ティスカが寝ているか確認に行っているだけなのだが、これが殊の外効果的だった。最初は少し恥ずかしかったネグリジェも、慣れてしまえば着心地の良い普通の寝間着。それだけで素直に寝てくれるのなら安いものと諦めている。

「それで、どれくらいで完成しそう？」

「う〜ん、昼頃には終わりそうだし、乾燥して、コーティングして……明日も天気は良さそうだし、屋上で干せば、明後日《あさって》には製本に入れるかな？」

「そっか。それじゃ、十分余裕はあるね。少し休憩する？　お茶でも淹《い》れるよ」

「ありがと〜。実はちょっと目が疲れてきてたんだよね」

ティスカがペンを置き、エルネがお湯を沸かそうと立ち上がった時だった。

少々荒々しい足音が響き、その直後、工房の扉が乱暴に開け放たれた。

そこから踏み込んできたのは、揃《そろ》いの制服に身を包んだ五人の男。

唖然《あぜん》と動きを止めたティスカたちを威圧するように、先頭の男が怒声を上げた。

「我々は魔法省所属、魔法関連犯罪取締官《とりしまりかん》だ！　ここで無許可の魔導書販売が行われているとの通報があった。おとなしくこちらの指示に従え‼」

告げられた言葉はあまりにも予想外。エルネは半信半疑でティスカを見る。

「ティスカ姉、許可っているの？　あたし、知らないんだけど……」

「……大昔は粗悪な魔導書が出回ってて、事故の多さに許可制にしたって話は聞いたことある。でも本当に大昔の話で、数百年も前に形骸化した法律なんだけど……」

どのぐらい形骸化しているかと言えば、大手魔導書工房でも許可を取っていないほど。

廃止されていないだけで、ここ数百年以上、適用事例は記録に残っていなかった。

「だが、法律は法律だ。違反は許されない」

「でも、うちは許可を持っていますよ？　その頃からある工房ですから」

ペリアプト魔導書工房の歴史は古い。ティスカが法律のことを知っていたのも、その頃の記録が残っていたからだし、その時から続いている以上、当然許可は取ってある。

しばらくは魔導書工房として営業していなかったが、形骸化した法律だけに、許可の取り消しを受けたこともない。

ティスカがそう反論すると、男は不快そうに眉をピクリと動かし、横柄《おうへい》に顎を上げた。

「……では、許可証を見せろ」

「きょ、許可証……？　そんな、急に言われても……」

倉庫を探せば見つかるかもしれないが、数百年間は必要とされなかった代物。

ティスカでも実物を見たことはないし、言われたからとすぐに示せるはずもない。

「――くっ。探せば出てくるはずですが」

悔しそうに唇を噛《か》むティスカを見て、男は腕を組んで満足そうに頷《うなず》いた。

「見つけてから言え。それまでは営業禁止だ。それから、現在作っている魔導書は違法に作られたもの。没収する。――おい、あれだ」

先頭の男の指示を受けて、他の男が魔導書が置かれた机に向かって足を進める。

「そんなっ！　魔導書の販売はともかく、制作自体に違法性は――」

「黙れっ！　邪魔をするな‼」

立ち塞がったエルネに不快そうに顔を歪《ゆが》め、男は手を振り上げたが、その手が打ち払ったのは、咄嗟《とっさ》に間に入ったティスカだった。

それはそこまで力の入った一撃ではなかったが、ティスカの軽い体は、それだけで簡単に弾《はじ》き飛ばされ、数メートルほど転がって床の上に倒れ込んだ。

「ティスカ姉——っ‼」

「ごほっ、だ、大丈夫……」

エルネが慌てて駆け寄って抱き起こすと、ティスカは小さく咳《せ》き込みつつ応えるが、その頬は赤く腫れ上がっていた。男はそんなティスカを一瞥《いちべつ》し、鼻で笑って告げる。

「それから、代表者には事情を聞く必要がある。ついてこい。簡単に帰れると思うな？」

あまりにも横暴な物言いに、ティスカを抱くエルネの手に力が入る。

「（魔法さえ使えたら、こんなヤツら——っ‼）」

今日ほど魔法を使えなくなったことを悔しく思ったことはなく、男への怒りと、自分の不甲斐《ふがい》なさに頭が熱くなる。

「ティスカ姉……」

「ダメだよ」

実力のある魔法使いにとって、相手のおよその力量を測る程度は難しくない。

それはティスカやエルネも同様で、見る限り男たちの実力は大したことなく、ティスカの実力を考えれば、五人を相手にしても打ち斃《たお》すぐらいは容易《たやす》いだろう。

だが、その後でどうするか。ただの破落戸《ごろつき》なら問題ないが、相手は公権力である。

沈黙するしかないティスカたちを見て、男たちが下卑た笑みを浮かべたその時——

「どうやら間に合った——わけではなさそうですね」

割り込むように響いた涼やかな声と共に、工房に入ってきたのはリセだった。

彼女は一瞬、ホッとしたような表情を見せたが、床に倒れ、頬を赤く腫らしたティスカを見て、スッと目を細め、冷たく無機質な顔に変わった。

「なんだお前は！」

最初に反応したのは、リセに一番近い男。彼はリセを捕まえるように手を伸ばす。

「バカ！　やめ——」

その行動を先頭の男が慌てて制止しようとしたが、それは遅かった。

リセは伸ばされた手を掻《か》い潜《くぐ》るように一歩踏み込むと、男の鳩尾《みぞおち》に軽く肘を差し込む。

たったそれだけだった。男は声もなく崩れ落ち、リセはそれを不快そうに見下ろす。

「野蛮です。指導が行き届いていませんね？」

「申し訳ありません、セラヴェード様。しかし、我々は法に基づき行動しています。彼の行動は謝罪しますが、正当性は我々にあると思いますが？」

慇懃《いんぎん》に頭を下げつつも、顔は笑っている男をリセは不快そうに睨《にら》む。

「あなたが隊長ですか？　これは、魔導書の販売許可の件ですか？」

「えぇ。……あなたも形骸化した法律だと言いますか？」

「形骸化していますが、法律は法律ですね」

「ご理解頂けて助かります。では、余計な口出しは——」

「なので、さっさと謝罪して立ち去りなさい」

ニヤニヤと笑う隊長の言葉を遮るように、リセが一枚の紙をその眼前に突き付けた。

「これは……許可証？　本物ですか？　随分と新しい物に見えますが？」

「えぇ、再発行してきました。まさか、本物の許可証を見たこともないのですか？」

言外に『許可証を知らないのに、どうやって取り締まるのか』というリセに、隊長は悔しげに顔を歪めると、リセにあっさり倒された男を見て、舌打ちをした。

「……許可証があるのなら、何も言うことはありません。おい、戻るぞ」

権力、武力共に分が悪いことを認識したのだろう。引き際《ぎわ》の判断は迅速だった。

一人が意識のない男を担《かつ》ぎ上げると、男たちは素早く工房を出て行く。

そんな彼らをティスカたちは黙って見送り、階下の扉が閉まる音を聞いて息を吐いた。

「リセ先輩、助かりました。——というか、強すぎません？」

「以前、お父様を倒して出てきた、って言ったじゃないですか。これぐらいできないと、一人歩きを許してもらえませんよ。ティスカさんは大丈夫ですか？」

「うん、ちょっと口の中が切れたぐらい。治癒魔法の練習にちょうど良いかも？」

諧謔《かいぎゃく》混じりのティスカの言葉に、毒気を抜かれたようにリセの表情が緩む。

「ティスカさん……。もう少し早く来られたら良かったんですが……すみません」

「全然‼　凄《すご》く助かったよ！　あのままだったら、エルネが暴発しそうだったし？」

「あたし⁉　——確かに、魔法が使えたら危なかったけど」

自分を指さして目を丸くしたエルネだったが、手を出しそうだったことは間違いなく、口を尖《とが》らせながらもそれを認める。

「抑えてくれて良かったです。手を出していたら、面倒なことになったでしょうから」

「あー、官吏に手を出すと、捕まったりとか——」

だがリセは、エルネの言葉を「いいえ」と否定し、冷たい笑みを浮かべる。

「今後の報復が、です。ティスカさんを傷付けられて、ただで済ますと思いますか？　この私が。こちらが手を出していると、それを理由に言い逃れされそうですからね」

「お、おぅ……程々にね？　で、その許可証、本物だよね？　知ってたの？」

「少し前、コンラッド君から情報を貰《もら》ったんです。上が妙なことを企《たくら》んでいるようだと」

「コンラッド君って、同級生の？　魔法省に就職したんだ？」

「ええ。ティスカさんのことを心配している同級生は多いですからね。今回も協力してくれましたが、ここに来るのは敷居《しきい》が高いみたいです」

「え～、気軽に遊びに来て良いのに。お見舞いに来られなかったからかなぁ？　就職一年目、みんな忙しかっただろうし、仕方ないと思うけど」

学校の友人は多かったティスカだが、見舞いに来た人は案外少なく、複数回来たのはリセぐらい。それは時期的に多忙であったことも理由の一つだろうが、ティスカの病名が不明――いや、病気かどうかすらも不明なことが影響していたことは、否定できない。

そのような事情から、なかなか気軽にといかないのも仕方のないところなのだが、ティスカは少し残念そうに口を尖らせた後、「ま、いっか」と話を変えた。

「でもリセ、許可証のこと、教えてくれてたら、私も探しておいたのに」

「見つかりますか？　数日程度で。その間、仕事は止まりますし、実際にあるかも不明。ならば、時間のある私が再発行手続きをする方が早いと思ったんです」

「うっ、確かに。家中をひっくり返しても、見つからないかも……」

倉庫の紙資料に関しては、その多くに目を通しているティスカが見たこともないのだから、むしろ見つからない確率が高い。

「お母さんたちだって知らないだろうし――あ、お母さんたちは、大丈夫だった？」

「はい。普通にお客と思ったみたいですね。『受け取りにあんなに人を寄越すなんて、大事な魔導書なんですね』と仰《おっしゃ》ってましたよ？」

「お母さん、暢気《のんき》すぎだよ……」

気が抜けたように肩を落とすティスカを見て、リセが「とても、ティスカさんのお母様らしいと思います」と言って、ころころと笑う。

「確かに似てる。ティスカ姉とシビルさんって。――リセ先輩、もう大丈夫ですよね？」

エルネがリセの言葉に頷いた後、少し心配そうな顔で問えば、リセはエルネを安心させるように優しく微笑《ほほえ》んだ。

「ええ、さすがにこれ以上の邪魔は入らないでしょうし、入れさせません。三人で魔導書を完成させましょう！」

力強いリセの言葉に、ティスカとエルネもしっかりと頷いた。

◇　◇　◇

「本日は私の成年式にお集まり頂き、ありがとうございました。この度――」

既に日は落ち、壇上ではアルヴィが成年式の締めとなる挨拶を行っていた。

成年への心構えや決意など、立派なことを語っているが、それらは基本的に定型文。

客も半ば聞き流しつつ、興味は最後のイベントへ——そして、その時が来た。

「ご覧ください。これが当家の継承する魔法です！」

アルヴィがそう宣言して手を掲げると、そこから光が上空へと延びた。

数秒後、大きな爆発音と共に夜空に咲いたのは、真っ赤な花。

これまでの継承魔法を見たことがある者からはどよめきが、初めて見る者からは素直な感嘆の声が上がる。その声が少し落ち着くのを待ち、再びアルヴィが口を開く。

「僕はこの花を、魔法を授けてくれた女性《ひと》に捧《ささ》げたいと思います！」

誇らしげにそんな宣言をするアルヴィを見上げ、リセは苦笑を漏らす。

「今頃、ティスカさんたちも見ているのでしょうか？　私も一緒に見たかったですが……仕方ないですね。これ、押し付けられましたし」

リセが手のひらの上で転がすのは、アルヴィがティスカに預けていた指輪。

『もう要らないから返しておいて』という非常にあっさりとした言葉と共に、リセに託されたのは、その指輪の他に招待状が一枚。その宛先は当然のようにティスカであったが、それがここにあるということは、彼女の姿が会場にあるはずもなく——

同時刻、ティスカとエルネの姿は、ペリアプト魔導書工房の屋上にあった。

見上げた空に描かれた花を見て、エルネが声を上げた。

「うわぁ～、ティスカ姉、すっごく綺麗《きれい》だね！」

「でしょ？　自信作だからね‼　――って言っても、実は今、すっごくホッとしてる。完成した魔法は使えなかったからねぇ……。使うと目立ちすぎるから」

空に打ち上げるのだ。王都から少し離れた程度では何の意味もない。

当然ながら、成年式で発表するものをティスカがパカパカ打ち上げるわけにもいかず、地下の試験場でできる小規模なテスト以外は、全て頭の中で構築した魔法。

九分九厘問題ないと確信していたが、使用者がアルヴィという不確定要素もあり、空を見ながら内心はドキドキしていたティスカである。

「ティスカ姉は、パーティーに行かなくて良かったの？　招待状も貰ってたし」

「良《い》いんだよ。そもそも、魔導書を作ってくれたお礼、とか書いてあるのに、宛先が私ってどういうこと？　リセはともかく、エルネの名前がないのはおかしいよね！」

リセは家の方で招待されているので別としても、魔導書のお礼なら、一緒に作ったエルネが入っていないのはどういうことと憤《いきどお》るティスカを見て、エルネは苦笑する。

「目的はティスカ姉だろうしね。今日行ってたら、婚約者として紹介されてたり？」

「えー、さすがにそれはないと思うよ？　直接的には、全然言われてないし」

「じゃあ、言われたら考える？　アルヴィ君との結婚を」

「ない。ないねぇ。そもそも……」

「そもそも？」

「コール家で価値のある魔導書は、もう読んじゃったしね？」

頬に指を当てて悪戯《いたずら》っぽく笑うティスカを見て、エルネも噴き出す。

「……ぷっ。あははは、そっか。ティスカ姉の気を惹《ひ》くためには、魔導書を読ませるんじゃなくて、読ませないのが重要なんだ？　はははは！」

楽しそうに笑うエルネを見て、自身も笑っていたティスカは「でも」と言葉を続ける。

「魔導書の有無だけで、結婚を決めたりはしないよ？」

「本当かなぁ？　例えばリセ先輩が『弟と結婚すれば、セラヴェード家の蔵書は全部ティスカさんの物です』と言ったらどうする？　たぶんコール家以上だと思うけど」

ティスカの動きが止まり、二人の間に沈黙が横たわる。

「…………………あっ！　セラヴェード家の家督って、年上のリセが継ぐよね？　つまり蔵書も、弟じゃなくてリセの物だ！　危ない、騙《だま》されるところだったよ……」

「いや、すっごい悩んだ上で、仮定の話にそんなこと言われても。大丈夫かなぁ？」

「だ、大丈夫だよ？　これからもっと稼いで、貴重な魔導書に惑わされないぐらい、魔導書を買い集めるつもりだからね！」

そう言いつつも目が泳いでいるティスカに、エルネが頭を抱える。

「前提条件が既に不安！　――ちなみにうちにも継承魔法の魔導書が残ってるんだけど」

「……エルネ、兄弟はいないよね？　いや、いっそエルネでも」

「なにが『いっそ』⁉　怖いよ、ティスカ姉！」

「冗談だよ、冗談！　――話は変わるけど、エルネの家、遊びに行って良い？」

「変わってない⁉　見せないから！　ティスカ姉がすっごく稼げるようになるまでは！」

「なるほど、持参金が必要と。そうだよね、エルネって家柄が良いもんね」

「違うから！　魔導書に惑わされないで欲しいの！　もうっ。変な男に捕まらないよう、あたしがしっかり見張ってないと。サーラ姉にも面目が立たないよ……」

「ふふっ、そうだね。これからもよろしくね！」

「ティスカ姉……。はぁ。こちらこそよろしく」

二人はそう言って、顔を見合わせて笑い合ったのだった。

Epilogue

エピローグ

The Atelier of
Tailor-made Grimoires
Epilogue

あの日、何故《なぜ》かアルヴィは、ティスカが会場に来ていると思い込んでいたらしい。

成年式の終了後、リセから指輪と招待状を渡されて愕然《がくぜん》、慌ててティスカの所にやってきたが、ティスカは報酬だけ受け取り、彼からの正式な交際申し込みはきっぱり拒絶。

初恋を粉砕されたアルヴィは現在、絶賛引きこもり中だが、ティスカにそんなことは関係なく、まったくいつも通り研究と魔導書開発の日々。

そんな彼女が、一枚の紙を掲げて工房に飛び込んできたのは、成年式から五日ほど経《た》った日のことだった。

「エルネ！　できた、できたよ！　実験結果もバッチリ！」

「できたって何が？　今のお仕事って、そんな大騒ぎするほど難しくないよね？」

エルネは『ティスカ姉が悩むような物だったっけ？』と首を捻《ひね》るが、ティスカは満面の笑みで、持っていた紙をばんっとテーブルの上に置いた。

「違う、違う！　エルネが使える魔導書！　それの試作一号ができたの！」

「えぇっ⁉　本当に？　難しいって話じゃなかったっけ？」

「本格的なのはね。これは実証実験。エルネでも使えることを検証する物」

「大丈夫なんですか？　それ。エルネさんが使うと、危険なんですよね？」

得意げなティスカに対してリセは不安顔だが、ティスカは笑顔で首を振る。

「ツキさんのお墨付きだからね。そこは安心して」

「知人の頭が弾《はじ》け飛ぶのは、儂《わし》も見たくないからのぅ」

「怖っ⁉　え、そんなに危険なの？　今のあたしが魔法を使うのって」

「安心せい。安全性だけは保証してやるわい」

目を剝《む》いたエルネにパタパタと手を振り、ツキは気軽に請け合う。

今日もソファーに寝転がり、パンに手を伸ばすその姿は、どう見ても怠惰な幼女なのだが、不思議な信頼感もあり、エルネとリセも「なら、まぁ」となんとなく納得する。

「さあ、さあ、早く使ってみて！」

「う、うん……」

ティスカから押し付けるように紙を握らされ、エルネは不安と期待が入り混じる複雑な表情で、魔法を行使する感覚を思い出すように、その紙に魔力を通す。

次の瞬間、エルネの目の前に光球が出現し、数秒ほどで消滅。

その光球は極々小さなものだったが、確かに魔法は発動していた。

それを見ていたエルネは、暫《しば》し呆然《ぼうぜん》としていたが、その顔が段々と赤く染まり、大きく口を開いたかと思うと、瞳からポロリと涙が零《こぼ》れる。

「や、やった……魔法だ……ティスカ姉！　あたし、魔法が使えたよ‼」

「うん！　間違いなく、それはエルネの魔法だよ。おめでとう！」

「おめでとうございます、エルネさん」

「ありがとう‼　ティスカ姉、リセ先輩！」

　エルネは大声を上げてティスカに抱きつくと、リセをも巻き込むように腕を回した。

「わわっ、危ないです、エルネさん」

　困ったように言いつつもどこか嬉《うれ》しげなリセは、エルネが落ち着くのを待って体を離すと、改めてエルネが大事に持っている紙を見て——眉をピクリと動かした。

「……ところでティスカさん。あの紙、検証用紙じゃないですよね？　私の勘違いでなければ、空竜の翼皮を使ったものに見えますが……どうやって手に入れたんですか？」

「あれ？　あれは急に在庫がだぶついたとかで、安く手に入ったんだ。不思議だよね？」

　てへっ、と小首を傾《かし》げたティスカを見て、リセは額に手を当てた。

「不思議でもなんでもありません！　邪魔していた分家連中が手放しただけです。……まさか、それを狙って、この前の魔導書の素材、決めたわけではないですよね？」

「まさか、まさか。単に使う素材が似てただけだよ。魔法の要素が似てるからね」

「確かに——いえ。あの呪節《サブ・スペル》は省いたはず。空竜の翼皮って本当に必要な素材でした？　そもそも多少安くなっても、かなり高価なはず……まさか、今回の報酬⁉」

ティスカがそっと目を逸《そ》らし、ツキがうむうむと頷《うなず》き、言葉を挟む。

「金があれば研究に使いたくなる。研究者の性《さが》よな」

「…………大丈夫だよ、うちには優秀な金庫番がいるから」

「それって、私のことですか⁉　全然、番ができてないんですが！　本当に任せるつもりがあるなら、お金を使う前にまず私に相談してください‼」

「でも、これが完成すれば、発動力に乏しい人でも魔法を使える可能性が――」

「ええ、ええ！　将来的にはそうでしょうね！　ですが、空竜の翼皮なんて高価な素材を使ったら売れるわけないでしょ⁉　しかも、それを使ってあのショボい魔法とか！」

リセの発言に、さっきまで喜んでいたエルネが、「ショボい……」と凹《へこ》んでいるが、それも仕方ないだろう。あのレベルの魔法は、初学者が魔導書なしに使うような魔法。

普通ならどんなに発動力が低くても発動できるのだから、商品になるはずもない。

「そこは……今後の研究に期待？」

「それにいくら掛かるんですか⁉」

「そこは……うちの金庫番に期待？」

「金庫番でも、お金は増やせませんからね⁉」

「儂のパンも、忘れず頼むぞ？」

「そうだったね。パンは交際費？　研究費？　それとも、アドバイザーとして人件費？」

ティスカはツキの言葉に頷き、小首を傾げて尋ねるようにリセを見る。

「……もしかして私、面倒事を押し付けるために雇われたんですか⁉」

無責任にも思えるティスカの言葉に目を三角にしたリセだったが、嬉しそうな笑顔のティスカとエルネを見ると、自分も堪《こら》えきれないように噴き出した。

「——もうっ！　頑張って仕事を取ってきますから、エルネさんも、ティスカさんも、しっかり稼いでくださいね！　扱《こ》き使いますから‼」

「はい！」

「うん、一緒に頑張ろうね！」

工房の中に、朗らかな笑い声が響いた。

あとがき

この度は拙著をお手に取って頂き、誠にありがとうございます。

初めまして、もしくはお久しぶりです、はたまた同時発売の『新米錬金術師《しんまいれんきんじゅつし》の店舗経営《てんぽけいえい》』をお買い上げくださった方には、いつもありがとうございます&さっきぶりです？

こんにちは、いつきみずほです。

この作品はこれまで出版した二作品とは異なり、ウェブで発表した作品をベースとしない完全オリジナルとなっております。

そんなわけで、書き方もこれまでとは全然違いました。

普段はテーマを決めて、設定を考えて、キャラクターを作って、心の赴くまま好き勝手に書いています。読んで楽しんでくれたら良《い》いな、と思いつつも、あまり細かいことは考えてないんですよね、実は。――え？『実は』でもなんでもない？気付いてた？

それは失礼しました。あ、でも、設定は結構真面目に考えてますよ？あまり矛盾が出ないよう、電卓片手に計算したり、歴史、科学、地理などを勉強したり。

何でもかんでも「ファンタジーだから！」で済ませてしまうのも面白くないので。けど、数学や物理は結構忘れてて、「これ、どうやって計算するんだっけ？」と悩むとも。もし小説を書こうと考えている学生の方がおられましたら、学校の勉強も頑張っておくことをお勧めします。広く浅く学べる学校は結構役に立ちます。百科事典で調べるのも良いですが、調べるにも知識は必要ですから。

さて、話を戻して。

ウェブ版を書籍化するときも、基本的には自由に書かせてもらっています。指定があるのはページ数とどの範囲を収録するかぐらい。読者受けするように変えてくださいということはないんですね、少なくとも私の場合は。

ですが今回は違いました。まず企画会議でＯＫが出ないとダメ。

つまり、「設定は頭の中にあります！」とか、「ストーリーは書きながら考えます！」とか、「きっと良いものが書けるんじゃないかな？」とかではいけないわけで。

当然ですね。箸にも棒にもかからないものを書かれては、編集部としても困るでしょう。

そんなわけで、担当編集のＴさんとあーでもない、こーでもないと相談しながら、どんな話で、どういう流れにするかを決めていきます。

概《おおむ》ね決まったら、キャラクターを作り、設定を文章に纏《まと》め、ストーリーも頭からお尻まで考えて、提出します。

そうすると、Tさんが良い感じの企画書にして会議に出してくれます。

そして、ボツをくらってきます。ぎゃふんっ！

そんな感じに、何度かボツに打ちのめされ、内容も二転三転、四分五裂。

最終的に通った企画は、最初の話とかなーり違ったものになりました。

変化していないのは、メインキャラの三人――の、名前ぐらいかもしれません。

企画が通った後も、あっちを修正、こっちも修正、Tさんとの二人三脚で七転八倒《しってんばっとう》、四苦八苦しつつ書き上げた代物です。苦労した分、良いものになっている……と良いなぁ。

それはお買い上げくださった、読者様の評価にお任せするしかないわけですが。

もし気に入って頂けたなら、そしてまだお読みでないようなら、私の別作品である『新米錬金術師の店舗経営』もお手にとって頂けると嬉《うれ》しいです。

二〇二二年にはアニメの放送も控えておりますので、是非、そちらの方も。


しかし、今回のことは良い経験になったと思います。

自分では気付かないことを指摘して頂けるので、色々と蒙《もう》を啓《ひら》かれる思いでした。

好き勝手に書くのも良いですが、こういうのも面白いですね……書き終わった後で振り返るなら。書いている時は結構大変でした。今回はお仕事が重なっていたこともあり。

いえ、非常にありがたいことなんですけどね？　うぇるかむ、なんですけどね？

ただ、贅沢《ぜいたく》を言わせてもらうなら、もう少しだけ余裕が欲しかったかも！

私、このお仕事が終わったら、溜《た》まってるアレやコレやを消化するんだ……えぇ、このあとがきを書いている時点では色々終わってません。もうちょっと頑張ります。

最後になりましたが、謝辞を。

Tさん、長時間の電話に何度も付き合って頂き、本当にありがとうございました。前作のアニメ化に関するお仕事も重なり、とても大変だったのではないかと拝察します。まだしばらくは続くかと思いますが、一緒に頑張りましょう。

イラストを担当してくださったにもしさん。素敵なキャラクターデザインをありがとうございます。

そして、ウェブ版という下地がない中、この本を選んでくださった読者の皆様。本当にありがとうございます。新規読者が増えたとしたら、それはきっとイラストの力です。楽しんで頂けたなら、嬉しいのですが……。それでは、紙幅も尽きましたのでこのあたりで。またお会いできることを願ってやみません。

いつきみずほ

富士見ファンタジア文庫

魔導書工房《まどうしょこうぼう》の特注品《テーラーメイド》

～落《お》ちこぼれ貴族《きぞく》の魔導書《まどうしょ》を作《つく》ろう～

令和3年9月20日　初版発行

著者――いつきみずほ

発行者――青柳昌行

発　行――株式会社KADOKAWA
〒102-8177
東京都千代田区富士見2-13-3
0570-002-301（ナビダイヤル）

印刷所――株式会社暁印刷

製本所――本間製本株式会社

※定価はカバーに表示してあります。
●お問い合わせ
https://www.kadokawa.co.jp/（「お問い合わせ」へお進みください）
※内容によっては、お答えできない場合があります。
※サポートは日本国内のみとさせていただきます。
※Japanese text only

ISBN978-4-04-074258-8 C0193 ◇◇◇